BIBLIOTHÈQUE DE LA JEUNESSE

LA PETITE COSAQUE

PAR Mlle J. BORIUS

LIBRAIRIE **2f50** HACHETTE

Bibliothèque
des Écoles et des Familles

1re SÉRIE

Format grand in-8 (28 x 18)

Chaque volume :

broché............ 12 fr.

relié percaline, tranches do-
rées........... 19 fr.

ABOUT (E.) : L'homme à
l'oreille cassée.
Le roman d'un brave
homme.

AVEZAN (D') : Enfant d'a-
doption.

BEECKER STOWE : La case
de l'oncle Tom.

CAHUN : Aventures du
Capitaine Magon.

CERVANTÈS SAAVEDRA : Don
Quichotte de la Man-
che.

CHARLIEU (H. DE) : Made-
moiselle Olulu.
Le dernier des Castel-
Magnac.
Le Fils du Naufragé.

CIM (Alb.) : Grand'mère
et petit-fils.
Disparu.

GÉNIAUX (Charles) : Petit
poète et grand roi.

GOURDAULT (J.) : La Suisse
pittoresque.

JEANROY (B.-A.) : L'Enfant
de Saint-Marc.

MAËL (P.) : Robinson et
Robinsonne.
Le trésor de Made-
leine.

MAËL (P.) : Fleur de
France.
Un mousse de Sur-
couf.
Cambriole.
Lance et Quenouille.
Les deux Tigresses.

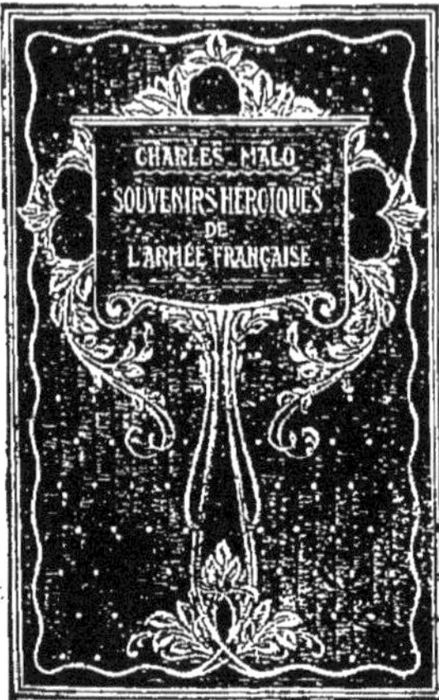

MAËL (P.) : Le Talisman.

MEYRA : Le Fakir.

MOUTON (Eugène) : Aven-
tures et mésaventures
de Joel Kerbabu.

Ouvrage couronné
par l'Académie française.

MONNIER : Notre belle Pa-
trie. Sites pittores-
ques de la France.

RAYNAL : Les Naufragés.

ROUSSELET (L.) : Sur les
confins du Maroc.

SCOTT (Walter) : Ivanhoë.

TOUDOUZE (G.) : La ven-
geance des Peaux-de-
Biques.
L'Enfant perdu.
Le voltigeur hollan-
dais.

VERNOU (P.) : Pirate de
l'air.

WYSS (J.) : Le Robinson
suisse.

2e SÉRIE

Format in-8 (25 x 17)

Chaque volume :

broché........... 10 fr.

relié percaline, tranches do-
rées .... 16 fr.

ABOUT (E.) : Nouvelles et
souvenirs.
Le roi des montagnes.

ARTHEZ (Danielle d') : Les
tribulations de Nicolas
Mender

BEAUREGARD (G. DE) : Le
rubis de Lapérouse.

BOLAND (H.) : Excursions
en France.

BOVET (Mme DE) : Made-
moiselle l'Amirale.

CAHUN (L.) : Les pilotes
d'Ango.

COLOMB (Mme J.) : Le vio-
loneux de la Sapinière.
La fille des bohémiens.
Mon oncle d'Améri-
que.
Les étapes de Made-
leine.
La fille des bohémiens.

COOPER (Fenimoore) : Le
dernier des Mohicans.

CORNEILLE : Œuvres choi-
sies

DICKENS (C.) : David Cop-
perfield.

DOURLIAC (A.) : Fleur des
ruines

GAFFEREL (P.) : Les cam-
pagnes de la première
République.

GIRARDIN (J.) : Les millions
de la tante Zézé.
Le commis de M. Bou-
vat.

PERRAULT : Fière devise.

Pour la collection complète,
demander le Catalogue de Distribution de Prix.

LA PETITE COSAQUE

ELLE AIMA LEURS PAUVRES.

BIBLIOTHÈQUE DE LA JEUNESSE

LA PETITE COSAQUE

PAR

JULIE BORIUS

ILLUSTRATIONS D'APRÈS TOFANI

LIBRAIRIE HACHETTE
79, BOULEVARD SAINT-GERMAIN, PARIS

LA PETITE COSAQUE

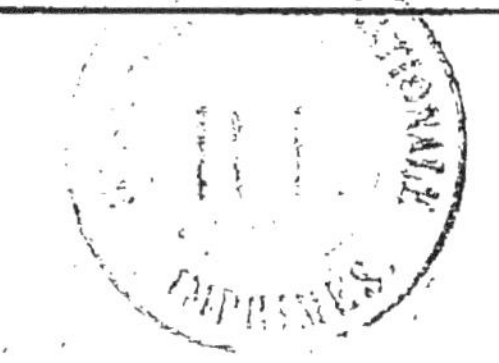

A ma petite nièce
VALENTINE CORPS.

I

Un premier de promotion.

IL y avait une quinzaine de jours que la liste des jeunes gens admis à l'École polytechnique avait paru, apprenant, à qui voulait bien la lire, que l'élève Giraut, du lycée de Rouen, avait été reçu le premier. Il va sans dire que tous les lecteurs de l'*Officiel* n'avaient pas été également émus par cette nouvelle ; à tous les concours il y a un premier, et qu'il s'appelle Giraut, Bertrand, Martin ou Dubois, cela ne touche particulièrement que les gens qui s'intéressent à lui. Le fait donc de ce succès n'avait pas d'un seul coup transformé l'élève Giraut en un grand homme, néanmoins, il lui avait donné dans la ville une certaine importance.

L'élève Giraut a dix-neuf ans. Il s'appelle Sylvain. Au physique, c'est un de ces garçons dont on ne dit rien. Il n'est ni trop grand ni trop petit, ni beau ni laid... laid, d'ailleurs il est rare qu'on le soit quand on a dans le regard une puissance d'intelligence qui vous tient lieu de toute régularité de traits.

Aux physionomistes, qui cherchent sur le visage, outre l'intelligence, le reflet du caractère et des sentiments de l'âme, Sylvain eût peut-être causé une légère déception, car rien en lui, du moins de prime abord, ne révélait cette ardeur juvénile, trop audacieuse peut-être et un peu folle, mais que les sages eux-mêmes aiment à trouver chez les très jeunes, chez les inexpérimentés de la vie. Peut-être Sylvain n'avait-il pas encore eu le temps d'être jeune ; on pouvait admettre que le surmenage scolaire, le souci des examens, eussent entravé les élans auxquels il ne s'était pas permis de lâcher bride ; et l'accuser de manquer totalement de l'enthousiasme qui fait le charme des âmes généreuses, serait lui faire un reproche que personne dans son entourage ne songeait à lui adresser. Il avait conquis au lycée l'estime de ses professeurs, auxquels il faisait honneur ; il était bon camarade, et s'il n'avait à son actif, dans ses annales d'écolier, aucun de ces tours pendables qui vous assurent une célébrité facile, on lui reconnaissait une supériorité qui inspirait, même aux paresseux, une sincère admiration. Quant à sa famille, elle était moins à même que tout autre de nous éclairer sous ce rapport ; car elle se composait de deux vieilles demoiselles, deux vieilles tantes, qui lui avaient tenu lieu de parents, et tout le monde sait que certaines tantes mettent, pour regarder leurs neveux, des lunettes dont la propriété exclusive est de voiler leurs défauts.

Certes, ce n'étaient pas les demoiselles Giraut qui eussent reconnu en Sylvain une seule imperfection. Il avait toujours été leur joie, sans qu'elles songeassent à se demander si cette joie n'était pas faite de ce qu'elles donnaient plutôt que de ce qu'elles recevaient.

C'était sans hésitation qu'elles lui avaient ouvert leur maison quand, tout petit, il était resté orphelin; en regard de cette éducation à faire, elles ne s'étaient pas laissé effaroucher par de stériles appréhensions; elles savaient que le bon Dieu a mis dans chacun de nos devoirs le rayonnement suffisant pour éclairer la route que nous avons à suivre. Et maintenant qu'elles l'avaient en partie achevée cette tâche, elles étaient surprises de l'avoir trouvée si facile, et confuses de la part qu'on voulait leur faire dans la réussite de Sylvain.

Comme elles avaient toujours vécu à Rouen, leur ville natale, elles y étaient connues de tous, vénérées par tous, et bien des mains se tendirent chaudement sympathiques vers ces deux humbles, qui n'avaient connu de la vie que les dévouements obscurs et les sacrifices secrets.

Le proviseur vint en personne leur apporter ses félicitations. Le maire leur fit savoir qu'il était à leur disposition pour appuyer une demande de bourse.

Elles se montrèrent très reconnaissantes de ces témoignages d'intérêt, mais crurent devoir refuser la faveur matérielle qu'on leur offrait; sans être riches, elles avaient quelques ressources, et elles répondirent qu'elles se feraient un scrupule de solliciter pour leur neveu une bourse qui pourrait être indispensable à un autre élève.

Ce sont des scrupules qui ne courent pas les rues, aussi, loin de se formaliser de voir son avance repoussée, le maire en conçut-il pour les demoiselles Giraut une recrudescence d'estime.

Tant de visites à recevoir et à rendre, tant de mots à répondre en retour des compliments qu'on leur adressait, bien des courses à faire en vue du départ de Sylvain, avaient eu le bon côté de les aider à ne pas se replier sur elles-mêmes, et, aux prises avec de si multiples occupations, elles s'efforçaient d'oublier que ces journées un peu enfiévrées les amenaient insensiblement à l'inévitable séparation.

Mais voici qu'elle est arrivée cette heure redoutée; il n'y a plus d'illusions possibles, dans la chambre de Sylvain on vient d'apporter une valise toute neuve qu'il s'agit de remplir. Demain, la valise ne sera plus là.... Sylvain non plus.... Déjà demain! et il leur semble que c'est hier qu'on leur a amené Sylvain... et son berceau.

Comme les années passent! se peut-il qu'il faille si peu de temps pour faire d'un petit enfant un homme!

Sylvain ne peut se souvenir de ce passé si lointain et si proche à la fois! c'est sans doute pourquoi il n'est pas du tout ému.

Il prend très bien son départ; il est même si préoccupé de son entrée à l'École, que c'est à peine s'il songe qu'entre cette vie de demain et celle qu'il abandonne se glisseront des baisers d'adieu.

Elles....

Mais ne pensons pas à elles plus qu'elles ne veulent y penser elles-mêmes; ne cherchons pas dans leur regard les larmes qu'on pourrait y voir, car ces larmes elles les essuient furtivement; essayons de ne pas remarquer l'agitation de leur démarche, leur ton involontairement saccadé, surtout, oh! surtout ne pénétrons pas dans l'intime de leur cœur, ne voyons que les apparences; elles sont d'un ordre tout aimable, plutôt gai. Tante Catherine est agenouillée devant la valise; tante Catherine est l'aînée des deux sœurs; c'est à elle que reviennent les missions importantes; elle mesure de l'œil les dimensions de ladite valise, et reporte son regard sur tante Édith et sur Sylvain, qui se tiennent à ses côtés, les bras chargés de tout le bagage qu'ils ont la prétention d'y faire entrer. Sylvain s'est attaqué à sa bibliothèque, et il succombe sous le poids de ses dictionnaires. Quant à tante Édith, qui est de petite taille, elle disparaît presque sous un amoncellement d'effets, et ils sont si drôles ainsi tous deux, en face de cette valise qui semble les narguer, que tante Catherine est prise d'un accès d'hilarité :

« Mais, s'écrie-elle, à quoi pensez-vous? Paris n'est pas un pays perdu; tu trouveras des livres à l'École, mon pauvre Sylvain, et toi, Édith, que veux-tu qu'il fasse de ces vêtements civils puisqu'il aura un uniforme ! »

Sa gaieté les gagne. Pour rire plus à son aise, tante Édith laisse échapper les vêtements devenus inutiles, Sylvain fait voler ses dictionnaires aux quatre coins de la chambre, il s'empare de la valise, la charge sur son épaule, et drôlement :

« Dites, tante Catherine, si nos n'y mettions rien du tout ? »

Plus tard elles se souviendront de cette petite scène ; et.... Mais ce sera plus tard, restons au présent.

On redevient sérieux, les circonstances l'exigent ; on annonce un visiteur : c'est un camarade de Sylvain qui vient l'inviter à dîner ; cette invitation tombe mal à propos ; cependant Sylvain ne semble pas trouver qu'il puisse la refuser, et il demande l'approbation de ses tantes ; c'est beaucoup de

Elles vont droit à leur chambre et elles pleurent.

Cette idée de n'y rien mettre est une simple boutade, une réponse amusée aux justes arguments de sa tante ; mais l'antithèse est outrée, entre trop et rien du tout, il y a de la marge, on pourrait y mettre....

Subitement calmées de leur rire un peu nerveux, tante Catherine et tante Édith supputent un choix à faire, et lui, riant de leurs hésitations, répète, en entreprenant à travers la chambre une promenade de gamin :

« On n'y mettra rien du tout, pourquoi donc y mettre quelque chose ? est-il même besoin que j'emporte une valise ? tante Catherine l'a décrété, Paris n'est pas un pays perdu, à l'École, je trouverai des livres et l'uniforme ! »

demander cette approbation ; cela prouve qu'il est respectueux et soumis, peut-être cependant eût-il mieux fait de répondre de sa propre initiative. sans d'autre impulsion que celle de son cœur :

« Je ne puis accepter, car je pars demain, et je tiens à passer cette dernière soirée en famille. »

Il n'y a pas pensé, et ses tantes, qui s'en voudraient de le priver d'un plaisir, acceptent pour lui l'invitation. Elles vont jusqu'à se persuader qu'il vaut beaucoup mieux qu'elles passent la soirée seules ; elles seront plus à même de se donner un peu de détente, de déposer leur masque de gaieté, qui commence à leur peser.

Sylvain part ; comme il ne rentrera que

tard, il est convenu qu'elles ne l'attendront pas, mais elles n'ont pas promis de dormir, et, quand il rentre, il aperçoit la lumière qui filtre sous leur porte.

Alors en passant, il leur crie :

« Bonsoir, tantes ! »

Elles répondent ensemble :

« Viens nous embrasser ! »

Il entre, et il leur raconte sa soirée. Elles paraissent l'écouter avec intérêt, et cependant c'est à peine si elles l'entendent ; le bruit de ses paroles est couvert pour elles par un insupportable bourdonnement qui, au fond de leur cœur, leur murmure, sans cesse, sans trêve : « demain il ne sera plus là ; il ne sera plus là demain ».

Sylvain devait descendre à Paris chez son oncle et tuteur M. d'Hoffraye, le seul parent qu'il eût du côté de sa mère. Ses relations avec cette branche de sa famille s'étaient bornées jusque-là à la lettre obligatoire du premier janvier. M. d'Hoffraye, qui était consul, menait d'ailleurs une vie des plus nomades, et s'il n'avait pas refusé la tutelle de l'enfant, du moins s'était-il déchargé sur les demoiselles Giraut de toute responsabilité ; mais il se trouvait actuellement à Paris, et Sylvain lui ayant écrit son admission à l'École polytechnique, il avait répondu qu'il se ferait un plaisir de le recevoir.

Il était veuf, et avait trois enfants, deux filles et un garçon ; Sylvain ignorait l'âge de ses cousins, ce serait en étranger qu'il arriverait dans cette maison, et il regrettait presque que les circonstances eussent amené son oncle à Paris au moment où lui-même était appelé à y venir ; la pensée de cette connaissance à faire l'intimidait à l'avance.

Il prit un train qui le ferait arriver chez eux à l'heure du dîner ; ses tantes ne furent pas seules à le conduire à la gare. Bien des amis voulurent l'accompagner ; ils surent d'ailleurs ne pas troubler les derniers épanchements ; les tantes purent à loisir embrasser leur grand enfant, lui faire ces mille recommandations qui ne sont puériles qu'aux yeux de ceux qui n'en cherchent

pas la source dans une touchante sollicitude. Elles lui ont fait promettre de ne pas descendre avant l'arrêt complet du train, de se méfier des escarbilles, de prendre soin de sa valise, la fameuse valise qui n'est ni tout à fait gonflée ni tout à fait vide ; on a trouvé moyen d'y mettre l'indispensable.

Tante Catherine rappelle à Sylvain qu'il y trouvera quelques brioches pour la route.

Mais le moment le plus cruel pour les deux vieilles filles a été celui où elles sont rentrées chez elles. Par discrétion, les amis les ont quittées à la porte, elles entrent seules dans cet appartement d'où Sylvain, avec sa jeunesse, a emporté toute la vie, elles vont droit à sa chambre, elles s'assoient, et elles pleurent.

Pourquoi donc pleurent-elles, du moins si amèrement ?

C'est un heureux événement qui leur a pris Sylvain ; eussent-elles préféré le voir refusé à cette école qui était le but de son travail ? Il ne s'en va pas au bout du monde, au moindre appel, à la moindre maladie, elles seront près de lui ; une mère se montrerait plus énergique.

Eh ! oui, sans doute ; mais la grande force de la mère est qu'elle sait bien que l'enfant reviendra toujours au foyer, tandis que des tantes, les meilleures, ont lieu d'éprouver une involontaire appréhension. Les demoiselles Giraut avaient fait en sorte d'entourer de soins et de tendresse la maison qu'elles ouvraient à l'orphelin, mais cette maison si accueillante n'était pas pour lui le point unique au monde pour chacun de nous, où les yeux s'ouvrent à la lumière, où, tout petit encore, on essaie ses ailes, ce qu'en langage d'oiseau on appelle le nid.

Sylvain était parti. Leur reviendrait-il comme l'on revient vers l'abri naturel où l'on se sent assuré contre les tempêtes ? Un mot dit sans intention par le jeune homme leur revient en mémoire. Elles se rappellent une très petite scène, elles revoient tante Catherine agenouillée gra-

vement devant la valise, puis prise soudain
d'un irrésistible fou rire, en considérant le
bagage que lui présentent tante Edith et
Sylvain ; elles entendent comme si elles
leur étaient apportées par un écho ses
phrases entrecoupées : « A quoi pensez-
vous ? Paris n'est pas un pays perdu, il
aura un uniforme », et cette réflexion de
Sylvain : « Si nous n'y mettions rien du
tout ! »

Et aujourd'hui, cette réflexion elles se la
traduisent brutalement ; il leur semble que
Sylvain a voulu leur laisser entendre que
pour son existence nouvelle il n'avait
besoin d'emporter aucun bagage.

Là n'avait pas été sa pensée cependant ;
mais avec ce bagage qu'il laissait derrière
lui, n'avait-il pas dépouillé un peu de ce
passé qui faisait leur trésor à elles ?

A leur chagrin compréhensible de la
séparation s'ajoutait une amertume qu'elles
s'avouaient à peine : Sylvain reviendrait,
oh ! sans doute ; mais elles avaient l'intuition que *leur petit* était parti.

II

Chez un diplomate.

PENDANT que les pauvres tantes exhalent
sans contrainte maintenant leur tristesse et leurs regrets, le train emporte
l'enfant vers Paris ; le voyage est rapide
— pas même deux heures — il faut à un
garçon de l'âge de Sylvain un laps de
temps plus considérable pour qu'il puisse
à la fois s'appesantir sur ses regrets, faire
revivre ses vieux souvenirs, et évoquer un
avenir qui l'attire invinciblement ; aussi ne
songe-t-il pas à analyser ses impressions.
Il n'est pas dépourvu de sensibilité, loin
de là ; il a été profondément remué par la
dernière étreinte des chères vieilles tantes,
qui l'enlaçaient presque désespérément,
et quand, la séparation accomplie, il s'est
trouvé seul dans le wagon, machinalement
ses yeux sont demeurés rivés sur la fenêtre
qui avait servi de cadre au groupe désolé

des deux pauvres femmes ; mais cette
fenêtre lui renvoyait maintenant l'image de
scènes diverses ; c'était la campagne qui se
déroulait devant lui, et ces décors chan-
geants avaient si bien attaché son esprit,
qu'il fut surpris quand il reconnut à
l'agglomération des maisons, aux chemi-
nées d'usine, aux stridents coups de sifflet
presque ininterrompus, que l'on était dans
la grande banlieue de la capitale, que dans
peu d'instants on serait arrivé.

Il secoua alors la sorte d'inertie qu'avait
favorisée en lui l'inaction forcée du voyage ;
au sortir de ce train, qui venait de le
ballotter comme un vulgaire colis, il allait
se trouver jeté dans la mêlée commune,
en devoir d'y prendre part, d'agir par lui-
même.

Il envisagea rapidement ce qu'il allait
avoir à faire, depuis les immédiates et très
pratiques questions de l'arrivée en gare,
jusqu'à son introduction chez son oncle,
son entrée à l'École, etc. Précis par caractère, il traçait mentalement l'emploi de son
temps ; mais comme cela arrive souvent en
pareil cas, ses prévisions se trouvèrent
déjouées.

Il n'avait pas supposé qu'on pût venir
au-devant de lui, et, descendu du train l'un
des premiers, il s'apprêtait à se frayer
rapidement un passage dans la foule des
parents et amis venus pour attendre les
voyageurs, quand, au moment où il allait
franchir la porte de sortie, une voix s'écria :

« Je parie que c'est lui ! »

Involontairement il tourna la tête du
côté d'où partait cette voix jeune, vibrante
et gaie, et il vit alors la plus ravissante
créature qu'il eût encore rencontrée, du
moins elle lui sembla telle, cette jeune fille
dont l'ensemble, même à première vue,
offrait des contrastes saisissants : une
taille très élevée, très souple, mais trop
frêle ; un teint dont la fraîcheur était faite
pour défier le plus beau rose des palettes,
mais cependant d'une transparence qui
permettait de suivre, sous la peau trop
diaphane, le sillage bleuâtre des veines ;
un mélange de grâce et de vivacité, de

langueur innée, combattue très fortement par l'expression du regard, dans lequel se lisait tout ce que la jeunesse sait y mettre d'entrain, de joie de vivre, d'exubérance heureuse.

Et c'était sur lui que se fixaient les brillants yeux bleus; le pari que venait d'engager bénévolement cette jolie charmeuse le concernait; il en douta si peu qu'en réponse au regard qui l'interrogeait,

répondit :

« Est-ce Sylvain Giraut que vous attendez? Seriez-vous ma cousine? »

La jeune fille frappa l'une contre l'autre ses mains gantées de Suède :

« Je savais bien, s'écria-t-elle, je savais bien que je vous devinerais. Oui, je suis votre cousine Mag, et je vous présente mon frère Henry, un futur attaché d'ambassade, dont la qualité prédominante est d'être le meilleur des frères; je suis certaine que vous serez très vite bons amis, mais embrassez-moi donc, et maintenant embrassez Henry. Père a regretté de ne pouvoir nous accompagner, mais il rentrera de bonne heure pour vous voir plus tôt. »

Un peu étourdi de ce babil, sous le charme néanmoins d'un accueil aussi affectueux, Sylvain embrassa sa cousine, puis son cousin Henry.

C'était un fort joli garçon qu'Henry; il paraissait d'ailleurs ne pas l'ignorer, et les moindres détails de sa toilette révélaient une certaine recherche moins pardonnable chez un jeune homme que chez une jeune fille; mais il avait l'aisance des gens du monde, et, s'il était fat, il savait le dissimuler.

« Avez-vous des bagages? » demanda-t-il à Sylvain.

Sylvain répondit qu'il n'avait d'autre bagage que sa valise.

« Ah! tant mieux, nous allons sortir plus vite; suivez-moi tous deux. »

Ils le suivirent, elle rieuse, captivante par son entrain, qui prenait Sylvain si au dépourvu que c'est à peine s'il donnait la réplique; encore lui semblait-il que ses réponses étaient plates, stupides, et il le déplorait.

Dans la cour de la gare, l'auto de M. d'Hoffraye les attendait, une auto de nuance sobre, de forme à la fois élégante et confortable. Henry ne laissa pas au valet de pied le soin d'aider sa sœur à y monter, ce fut sa main qui s'offrit comme point d'appui quand elle s'élança dans la voiture; elle le remercia d'un sourire et fit signe à Sylvain de se mettre à côté d'elle; Henry s'assit en face d'eux, la voiture s'ébranla; mais dans l'encombrement qu'offre à cette heure la rue d'Amsterdam, elle avançait si lentement qu'une marchande de fleurs, qui se trouvait à point sur son passage, tendit à Mag un bouquet de violettes.

« Oh! Henry, qu'elles sont belles, tu me les offres, n'est-ce pas? dit Mag en s'emparant du bouquet.

— Si vous le permettez, ce sera moi qui vous les offrirai, » dit Sylvain.

Il tendit cinq francs à la fleuriste; elle n'avait pas de monnaie, et courut en chercher.

La rue maintenant était libre, et le chauffeur, qui sur un ordre de Henry n'accélérait pas la marche de la voiture, était interpellé par les automédons des véhicules dont il gênait la circulation. La fleuriste tardait à revenir, Henry s'impatientait, Mag, que le parfum du bouquet avait emportée vers quelqu'une de ces réminiscences que les fleurs ont le don de faire naître, descendit de sa région éthérée pour demander ce qui se passait, et revenue à la réalité, elle murmura :

« Ah! c'est vrai, la monnaie! »

Elle avait dit cela sans malice, sans allusion aucune, et cependant Sylvain se sentit ridicule avec son porte-monnaie entr'ouvert; elle lui sembla mesquine cette histoire de sous jetée dans l'engrenage de l'auto pour immobiliser ainsi sa jolie cousine, à qui il paraissait marchander les fleurs qu'il lui offrait. Il ne songea pas qu'une pièce de cinq francs en moins allégerait fortement sa bourse, que cet argent était le fruit des économies de ses tantes, et, s'adressant à Henry :

IL S'EMPARE DE LA VALISE VIDE, LA CHARGE SUR SON ÉPAULE.

« N'attendons pas davantage, dit-il, la fleuriste sera fort aise à son retour de trouver place nette. »

Droit devant lui, à vive allure, l'auto maintenant brûlait les rues.

« Je voudrais me sentir toujours emportée avec cette vitesse, disait Mag, je voudrais m'enivrer de grand air, n'avoir devant les yeux aucun horizon borné. Si

notre petite sœur qui est pensionnaire et ne sort que le dimanche.... A tout prendre, ajouta-t-elle, vous n'y perdrez pas grand chose, car c'est un vrai démon que cette petite Wanda ; elle s'est fait renvoyer de la pension dans laquelle papa l'avait mise à notre arrivée en France ; nous tentons un nouvel essai, mais non sans crainte. Elle est terrible dans ses insubordinations,

Mag lui enleva la plume des mains.

j'étais oiseau, je voudrais être hirondelle, mais si j'étais fleur, je choisirais d'être violette. »

Elle porta à son visage la touffe odorante. Sylvain, qui eût été incapable de la suivre dans son vol d'hirondelle, lui sut gré d'aimer une fleur aussi modeste que la violette.

En Mag tout était contraste, au physique comme au moral.

Questionné par Henry au sujet de la rentrée de l'École, Sylvain répondit qu'elle devait avoir lieu le lendemain.

« Si tôt ! s'écria Mag, mais c'est très mal de nous arriver ainsi au dernier moment ; nous aurons à peine le temps de faire connaissance, et vous ne verrez pas

on dirait qu'elle veut donner raison au surnom de petite cosaque que nous lui avons donné en souvenir de son pays natal, car celle est née en Russie. C'est à sa patrie d'occasion qu'elle doit aussi son nom étrange pour des Français. »

Le jugement que Mag venait de porter sur sa sœur n'était pas de nature à donner à Sylvain le regret de ne pas voir l'enfant, et il se borna à remarquer que le nom de Wanda, pour étrange qu'il fût, n'en était pas moins fort joli.

Il avait suffi à l'auto d'une dizaine de minutes pour gagner Neuilly, où M. d'Hoffraye avait loué, pour la durée de son séjour en France, un hôtel situé entre cour et jardin. La grille se trouvait ouverte, et

Mag jeta une exclamation de surprise et de mécontentement à la fois, en apercevant sur le seuil de la cour sa sœur Wanda en personne.

« Mon Dieu ! mon Dieu ! s'écria-t-elle, elle s'est encore fait renvoyer ; nous n'en viendrons jamais à bout ! »

Sans souci de cet accueil, auquel elle devait bien s'attendre, Wanda vint ouvrir la portière en demandant :

« Est-il là, le cousin ? »

Sylvain vit une brune enfant qui lui sembla fort laide ; ses deux seules richesses étaient ses yeux et ses cheveux ; encore ses cheveux étaient-ils trop grands pour son maigre petit visage.

« Voulez-vous bien disparaître lui cria Mag, comment osez-vous seulement vous montrer au cousin ; vous devriez mourir de honte, car vous vous êtes encore fait renvoyer, n'est-ce pas ?

— Je leur ai fait tant de misères, qu'il a bien fallu qu'on me ramène, dit Wanda, qui les précédait au salon. Ah ! je leur en ai fait voir ! Mais je voulais être là à son arrivée.... Pourquoi n'êtes-vous pas en uniforme ? »

C'était à Sylvain qu'elle posait cette question. Elle trouvait qu'avec son *complet* il manquait de prestige.

« A ma première visite vous serez satisfaite, répondit le jeune homme, je vous arriverai avec le claque et l'épée.

Mais vous ne serez plus là, dit Mag à Wanda, vous devez comprendre que nous n'allons pas vous garder.

— Vous aurez de la peine à trouver à me caser avec mes antécédents, » dit Wanda, qui parlait d'elle comme d'une grande coupable, bien qu'elle ne parût nullement contrite. Et s'adressant de nouveau à Sylvain :

« Ce sont les vieilles dames qui seront déçues de ne pas vous voir en uniforme, lui dit-elle.

— Wanda ! s'écria Mag, hors d'elle, on n'est pas plus inconvenante, que de fois ne vous ai-je pas dit qu'on doit appeler les personnes par leur nom, au lieu de leur

donner des qualificatifs désobligeants. Ne pouviez-vous dire : les demoiselles Giraut ? »

Wanda leva les épaules avec insouciance ; mais de quelque façon qu'elle eût désigné les tantes de Sylvain, cette espiègle aux yeux noirs, ce diable-enfant avait été seule à jeter dans cette arrivée le nom des absentes. Sa réflexion rappela au jeune homme qu'il leur avait promis de leur écrire un mot ce soir même, et en entrant dans le confortable salon qui communiquait par une large baie à un salon d'hiver tout fleuri, son premier soin fut de demander ce qu'il fallait pour écrire.

Mag s'interposa. Elle avait ôté son chapeau, et debout devant une glace elle parsemait sa blonde chevelure des violettes de son bouquet.

« Qui parle de lettre ? dit-elle, si vos tantes sont impatientes d'avoir de vos nouvelles, une dépêche fera mieux l'affaire.

— C'est moi qui la rédigerai », dit Wanda.

Elle s'était emparée d'un bloc-notes ; elle écrivit, et relut tout haut :

« Nous sommes enchantés de le voir. »

« Tu n'y entends rien, dit Mag en lui enlevant la plume des mains, ces dépêches d'arrivée n'ont qu'une facture :

« Ai fait bon voyage, vous embrasse. »

Wanda ne protesta pas ; mais elle se chargea de faire porter le télégramme.

Comme elle regagnait le salon, après avoir donné ses ordres au valet de chambre, elle rencontra son père qui rentrait. Elle lui sauta au cou :

« Bonjour papa, comme j'avais hâte de te voir ! »

M. d'Hoffraye ne savait pas encore qu'on l'eût ramenée ; aussi demeura-t-il aussi surpris que l'avait été Mag.

« Toi, Wanda, toi !

— Oui, papa, c'est moi, tu n'es pas content de me voir, tu ne m'embrasses pas ?

Il essayait de prendre l'air sévère, ce qui ne lui était pas difficile, car tout dans son physique s'y prêtait. Il était grand, d'aspect froid, presque imposant ; il fallait que cette petite Wanda eût toutes les audaces pour ne pas redouter à l'avance la sentence qui tomberait sans doute de ces lèvres justicières.

« Je te donnerai les détails, dit-elle; pour l'instant, il faut s'occuper du cousin qui vient d'arriver. »

Sylvain s'avançait, assez intimidé, et, bien que l'accueil de M. d'Hoffraye ne manquât pas de cordialité, il se sentit gêné par son air compassé, quasi diplomatique, mais sa présence n'apportait chez ses enfants aucune contrainte, et le dîner fut très gai; Mag fut étincelante de verve; Henry lui donnait la réplique par un mot souvent piquant, toujours juste et plein de bon sens, quant à Wanda, elle parlait à tort et à travers, mais comme elle ne manquait pas d'esprit, elle amusait Mag, qui semblait avoir tout à fait oublié son incartade. M. d'Hoffraye non plus ne paraissait pas se souvenir que c'était par suite d'un coup de tête de Wanda qu'il avait autour de lui ses trois enfants, et il jouissait évidemment de leur présence, car sans prendre une part active à leur conversation, il n'y restait pas indifférent.

III

Une intraitable.

SYLVAIN, peu au courant des sujets très modernes qui passionnaient ses cousins, joua pendant la plus grande partie du dîner le rôle d'un personnage muet, mais il allait être appelé à donner son avis.

Ce fut à propos de théâtre; Mag et Henry venaient de discuter une pièce nouvelle. Wanda, qu'on avait à différentes reprises, et sans grand discernement, conduite au théâtre, et qui tenait à ne rester en dehors d'aucune question, parla des pièces qu'elle connaissait, avouant ses préférences pour telle ou telle, préférences que justifiait le point de vue sous lequel la plaçaient ses dix ans. Elle détestait les pièces classiques, elle adorait les drames, parce que cela la faisait rire de voir le public pleurer. Elle le trouvait si bonasse, ce public, d'accorder ses larmes à des histoires *pas vraies*. Elle aimait l'opéra comique, parce qu'elle aimait la musique, et les féeries pour leur éclat. Elle en cita plusieurs, et, se tournant vers Sylvain, en appela à son goût pour convenir avec elle que le *Tour du Monde* était beaucoup plus amusant que le *Chat Botté*.

C'est ici que Sylvain, rougissant mais véridique, dut reconnaître tout haut son incompétence, et dire qu'il n'avait jamais été au théâtre.

Cet aveu fut à peine tombé de ses lèvres, qu'il se vit le point de mire de ses cousins. Il se fût présenté à eux comme le descendant de quelque tribu de sauvages, qu'ils ne l'eussent pas regardé avec plus de stupéfaction. M. d'Hoffraye lui-même dissimulait mal sa surprise, et Wanda, qui avait parfois des naïvetés, s'écria :

« Comment, vous n'avez jamais été au théâtre? pas même à *Guignol*?

— Nous vous y conduirons, dit Mag, nous aurons le plaisir de surprendre vos premières impressions.

— Oh! tout de même, dit Wanda, qui en restait à Guignol, il est un peu trop grand; on pourrait plutôt le conduire voir un drame.

— Êtes-vous musicien? demanda Mag, sans s'inquiéter de la remarque de sa sœur.

— Je ne joue d'aucun instrument, mais j'aime la musique.

— Nous vous conduirons à l'Opéra. J'adore l'Opéra les soirs de *Premières*, quand la salle est en fête, je gage que vous serez ébloui. Qui n'a pas vu les ballets de l'Opéra ne sait pas ce que c'est que la danse. Vous savez danser? »

Hélas! il n'avait jamais dansé que des rondes enfantines — il y avait longtemps. Il ne répondit pas; son silence parlait pour lui; Mag dit étourdiment :

« Mais vous ne savez donc rien, que vous a-t-on appris? »

Et il n'osa pas, il ne songea même pas à énumérer le programme chargé de ses études, à en appeler au concours dont il venait de sortir vainqueur, à l'uniforme qu'il endosserait le lendemain... il se fit l'effet d'un écolier, qui n'avait d'égal à son ignorance que la bonne volonté qui la conjurerait. Wanda, qui avait l'à-propos de tout concilier, s'écria :

« On va lui apprendre à danser !

— C'est cela, dit Mag, et dès ce soir ! »

Dans ses plus beaux rêves de rentrée au bercail, Wanda n'aurait pu prévoir une aussi agréable soirée, et si elle ne quitta pas la table pour exécuter, avant la fin du dîner, quelques entrechats préliminaires, c'était beaucoup moins dans la crainte d'être grondée que parce qu'elle était gourmande, et entendait bien n'abandonner aucun de ses droits sur le dessert. Dès que l'on fut rentré au salon, Henry, sur la demande de ses sœurs, se mit au piano pour jouer une valse, et sans théorie aucune, sans dissertations préalables, Mag entraîna Sylvain dans un tourbillon cadencé. Il avait de la mesure, le reste vint ensuite — bref, il en vint fort bien à bout — à la grande satisfaction de la jeune fille, qui ne lui ménagea pas les éloges. Wanda réclama son tour pour danser avec Sylvain ; mais, vu la différence de taille qui existait entre eux, et ne permettait pas à l'enfant de guider son danseur comme l'avait fait Mag, vu surtout le manque de pratique du néophyte, cette valse fut plutôt un échec. Le couple tournait sur lui-même, ou au contraire faisait de malencontreuses glissades, et gênait considérablement un autre couple, souverainement beau celui-là et digne d'être admiré pour sa grâce un peu hautaine, mais parfaitement élégante.

M. d'Hoffraye, qui avait été un des bons danseurs de son temps, ne refusait pas, quand l'occasion s'en présentait, de faire avec sa fille un tour de valse, et Mag l'y avait ce soir-là d'autant plus facilement amené que Henry avait choisi dans son répertoire une de ces valses entraînantes qui sont d'elles-mêmes une invite presque irrésistible.

Mais insensiblement, Henry, qui était passionné de musique, oublia qu'il était au piano uniquement pour faire danser, il ralentit le mouvement de la valse, l'enchaîna à une mélodie plus suave, plus harmonieuse, une sorte de rêverie allemande. Mag, vaincue par l'ardeur qu'elle mettait en toute chose, se laissa tomber sur un sofa, à bout de forces, et s'endormit, sa tête blonde à demi perdue dans un soyeux coussin de soie pourpre. M. d'Hoffraye, accoudé au dossier du sofa, écoutait la mélodie que Henry rendait avec un réel talent. Wanda, debout près du piano, était tout oreilles ; la musique avait sur la petite cosaque une puissance presque magnétique, elle la domptait.

Et Sylvain, à qui personne ne songeait plus, avait le sentiment qu'il venait d'être transporté dans un monde à part, un monde dont il n'avait eu jusque-là aucune prescience. Ses idées étaient vagues, incertaines, il ne comparait rien ; c'était confusément que son éducation première servait d'ombre au tableau qui miroitait aujourd'hui sous ses yeux, il n'en appelait pas au salon tant soit peu monacal de ses tantes pour opposer un contraste austère au luxe qui l'entourait, mais il se laissait facilement aller au charme fascinant dont il était comme enveloppé et que berçait la cantate allemande.

A cette même heure, les tantes, en regard l'une de l'autre, récitaient leur chapelet pour l'enfant, quand un violent coup de sonnette les fit tressaillir ; c'était une dépêche qu'on leur apportait, ou plutôt deux dépêches. Celle de Sylvain leur donnait de strictes nouvelles de son voyage ; l'autre, signée d'un petit nom étranger, les assurait que le jeune homme était bien accueilli, et tout de suite, sans la connaître, elles aimèrent la petite Wanda.

Tout le monde dormait dans la maison quand, le lendemain matin, la petite cosaque s'éveilla. Elle avait dans les oreilles le tintement dent la cloche fatale, qui était son réveil-matin à la pension, et, par esprit de révolte, d'indiscipline invétérée, se croyant encore sous le régime de l'internat, elle se cacha la tête sous ses couvertures, ce qui était sa manière de protester contre l'heure du lever. Mais une seconde de réflexion lui suffit pour se rappeler les graves événements qui s'étaient passés la veille, et dans sa joie de se sentir libre, elle poussa un *cocorico* si perçant, si triomphal, que toute la maison se trouva réveillée.

Comme il n'y avait pas de basse-cour dans les environs, et que d'ailleurs Wanda avait fait suivre son cocorico d'une gaie ritournelle de son invention, on sut tout de suite à qui on avait affaire, et Mag, dont la chambre était contiguë à celle de sa sœur, la pria de se taire et de se rendormir, salutaire conseil qui eut pour effet sur Wanda de la faire sauter hors de son lit.

Tout en s'habillant, elle riait en pensant aux bons tours qu'elle avait joués pour se faire renvoyer de ses pensions.

M. d'Hoffraye avait eu certainement tort de la mettre interne quand ils étaient rentrés en France, après un séjour de deux ans en Orient. Il aurait dû comprendre que cette enfant, habituée à une grande liberté, sous un ciel toujours serein, dans un climat qui favorise la vie du dehors, s'accommoderait difficilement de la règle forcément étroite d'une maison d'éducation; mais leur existence à Paris avait le décousu d'une vie essentiellement mondaine, et, ne pouvant compter sur Mag, qui n'avait jamais pris d'autorité sur sa petit sœur, ne voulant pas introduire une inconnue chez lui comme institutrice, il n'avait cru pouvoir mieux faire que de placer l'enfant sous une sage direction. On lui avait indiqué une institution des plus aristocratiques; il pensa que le contact de fillettes évidemment bien élevées serait d'une bonne influence sur Wanda; ce fut Wanda qui fut considérée comme d'un pernicieux exemple pour les demoiselles de noble extraction.

Celles-ci pouvaient avoir des défauts, mais c'étaient des défauts distingués; elles mentaient, mais sans effronterie; se jalousaient, mais leur jalousie, à l'instar du ver méprisant qui rampe sans bruit, faisait le mal sans grossier tapage. Elles ne se disputaient jamais, ou, si elles le faisaient, c'était avec des airs de dignité blessée qui n'offensaient en rien la noblesse de leur origine, et s'il leur arrivait de se battre, c'était à coups de langue, jamais autrement.

Tandis que Wanda !

Wanda ! ah ! horreur des horreurs ! aux yeux de cette élite Wanda avait des manières de garçon; elle vous disait vos vérités en face, chose dont on est rarement reconnaissant.

Elle jouait des coudes dans les rangs pour arriver la première au réfectoire. Elle paraissait regarder la classe comme un gymnase, et au lieu de gagner sa place par la voie ordinaire, elle sautait de pupitre en pupitre avec une agilité plus digne d'un acrobate que d'une demoiselle de qualité.

Tant et si bien enfin, que la directrice, qui tenait à la bonne renommée de sa maison, la renvoya sans même se donner la peine de tenter de la civiliser.

Les vacances étant survenues, Wanda avait joui d'une indépendance qui l'avait mal préparée au nouvel internat qu'avait exigé son père. Le milieu, cette fois, était différent : directrice, professeurs, élèves, toutes semblaient sortir d'un même moule, fort respectable d'ailleurs, le moule d'une honnête bourgeoisie cossue, bien assise sur sa base, et qui prend le temps en bonne part.

Ces demoiselles, que ne gênait pas l'éclat à soutenir d'un nom illustre, se permettaient de rire franchement, et n'ayant pas à s'envier à l'avance des bijoux de famille qui seraient leur part d'héritage, elles se contentaient de porter avec ostentation des colliers de perles, des broches de clinquant, des bagues sans valeur qui faisaient leur admiration.

Elles travaillaient peu, tenant pour

certain qu'elles en sauraient toujours autant que leurs mères qui ne s'en trouvaient pas plus malheureuses pour ignorer le latin, le grec, et bien d'autres choses encore.... Elles tenaient à la nourriture à tel point que Mlle Nicolas, la directrice, apportait autant de soin au choix d'une cuisinière qu'à celui d'un professeur de littérature, et pourvu qu'on ne leur imposât pas un uniforme trop ridicule, elles étaient satisfaites du sort qui leur incombait, et qui était la transition obligatoire qui, de petites filles, les mènerait à l'âge des robes longues.

Ce milieu sans souci fut tout de suite antipathique à Wanda; au lieu d'en reconnaître les bons côtés, elle n'en vit que les petitesses; sa nature sauvage, mais primesautière, ne put se faire au contact de ces petites compagnes terre à terre, et elle se révolta de ne trouver autour d'elle personne qui fût capable de la suivre dans les envolées de son imagination vagabonde.

Du haut de sa mutinerie, elle dédaigna profondément ses compagnes, et le leur laissa voir. Elles s'en froissèrent à bon droit, et la lutte fut ouverte : d'un côté, le groupe serré, discipliné, des élèves qui, en se défendant les unes des autres, défendaient les traditions de la maison... de l'autre, ardente et fine, prompte dans ses attaques, vive dans ses reparties, juste dans bien des visées, Wanda témoigna d'une si parfaite indépendance d'idées, que Mlle Nicolas sentit son sang bouillonner dans ses veines. Elle en appela cependant à toute la bourgeoisie de sa race pour se calmer avant de parler à Wanda; enfin elle la fit appeler, et lui demanda où elle voulait en venir.

Elle avait l'air d'un homme d'État qui prévoit une révolution, et cherche à s'orienter en demandant ses secrets à la révolution elle-même.

Wanda n'avait aucun noir projet de réforme, ni pour l'ensemble des institutions, ni même pour la pension Nicolas, mais elle savait qu'un sien cousin, qui avait nom Sylvain Giraut, devait arriver chez elle le lendemain du jour où elle subissait cet interrogatoire sensationnel, et elle avait projeté d'être là pour son arrivée; elle répondit donc le plus naturellement du monde, et comme si elle savait très bon gré à Mlle la Directrice de lui demander le fond de sa pensée, qu'elle désirait être rendue à sa famille le plus tôt possible.

Dans sa vie de professeur, Mlle Nicolas n'avait peut-être jamais fait preuve d'une plus grande sagacité qu'elle n'en témoigna en cette circonstance.

Après avoir considéré l'enfant qui, debout devant elle, la regardait sans forfanterie aucune, mais avec l'air de dire : « Vous savez bien que vous ne pourrez pas me garder, autant me renvoyer maintenant que plus tard; » après avoir, en son for intérieur, calculé qu'en gardant Wanda, qui était une vraie petite pile électrique, elle risquait de voir tôt ou tard vaciller les fondements jusque-là inattaqués de son institution, elle répondit :

« Une de nos sous-maîtresses vous conduira demain chez vous, mais sachez bien que jamais plus je ne vous reprendrai. »

Wanda eut beaucoup de peine à ne pas sauter au cou de Mlle Nicolas pour la remercier de la grâce ineffable qu'elle lui accordait en lui fermant à jamais l'entrée de sa maison; le soir, au réfectoire, elle fit une distribution de gâteaux et de bonbons, et, quand elle quitta la pension, de la voiture qui l'emportait, elle envoya des baisers aux pensionnaires, qui se demandent encore si elle était aussi terrible qu'elle en avait l'air.

Elle revoyait toutes ces scènes en faisant sa toilette, elle en riait toute seule, et se disait qu'il faudrait au moins quarante-huit heures à son père pour lui trouver une nouvelle pension.

IV

Le berger Guyot.

LA perspective de quarante-huit heures de vacances était une vraie fête pour Wanda; afin de n'en pas perdre une minute, aussitôt prête elle descendit au rez-de-chaussée, alla fureter dans les salons,

Chaque exclamation était suivie d'une promenade, qui consistait à venir poser sur la table le plat qu'elle sortait du garde-manger, et elle s'apprêtait à se mettre un couvert succinct quand elle entendit descendre l'escalier.

C'était Sylvain. Par la porte, qu'elle avait laissée ouverte sur le vestibule, elle l'aperçut qui se dirigeait vers le salon: elle l'interpella :

Elle fit une distribution de bonbons.

fourragea la serre au profit de la corbeille destinée à orner la table du déjeuner, et cet exercice lui ayant donné de l'appétit, elle se rendit à la cuisine, pour demander son chocolat.

Elle eut la déception de n'y pas trouver les domestiques, qui n'avaient pas coutume de commencer leur service d'aussi bonne heure, mais le garde-manger était suffisamment garni pour lui fournir un repas des plus satisfaisants, et elle fit des découvertes qui l'enchantèrent :

« Du poulet! moi qui l'aime tant! du foie gras! ce que je préfère! de la tarte à la crème! il faut avouer que c'est de la chance! »

« Bonjour, mon cousin, avez-vous bien dormi? Vous arrivez à point pour partager mon repas; asseyez-vous en face de moi. Je vais mettre votre couvert. »

Il entra, et ne refusa pas de lui tenir compagnie, mais il ne voulut pas toucher au repas improvisé par elle, et il émit la crainte qu'elle fût grondée pour s'être aussi libéralement octroyé des droits sur ces victuailles.

Grondée?

Cette seule pensée lui donna le fou rire.

Grondée? et par qui?

Par son père? mais il ne s'occupait que de ce qui le regardait, et le ménage n'était pas de son ressort.

Par Mag ?

A l'idée de Mag condescendant à se mêler des détails de cuisine, sa gaieté redoubla.

De Henry, elle ne fit pas mention.

Elle mangea consciencieusement, elle mangea comme une affamée qui n'aurait rien pris depuis deux jours. Sylvain se demandait comment une enfant pourvue d'un si formidable appétit pouvait être aussi effroyablement maigre.

Elle vit qu'il la regardait, et devina qu'elle était pour lui un sujet d'étonnement ; mais elle se méprit sur la cause de cet étonnement et elle lui dit :

« Vous me trouvez bien mal élevée, n'est-ce pas ? »

Il essaya de protester, elle ne lui en laissa pas le temps, et continua, en se servant une copieuse part de foie gras :

« Vous n'avez pas tort, vous feriez mieux cependant de penser que je ne suis pas élevée du tout ; il paraît que c'est une tâche difficile puisque personne n'en vient à bout ; mais on s'y prend si mal ! »

Sylvain vit dans cette remarque une atteinte à l'autorité, et il avait été habitué à une telle obéissance que malgré lui sa physionomie exprima une complète désapprobation.

Wanda s'en aperçut, et se faisant cette fois l'interprète de son sentiment exact :

« Vous vous demandez ce que vos tantes penseraient de moi ? oh ! ne cherchez pas, elles me trouveraient tout simplement insupportable, c'est ma réputation, elle est si bien établie que je ne cherche pas à m'y soustraire ; il suffit de me connaître pour savoir que je suis insoumise, gourmande, tapageuse, brouillonne, paresseuse.

— Franche, en tout cas, dit Sylvain qui ne put s'empêcher de sourire de cet examen de conscience.

— Franche ? » répéta Wanda en s'interrogeant elle-même pour chercher si elle pouvait s'octroyer cette qualité.

Après réflexion elle inclina affirmativement la tête :

« Oui, je suis franche, c'est certain ;

mais pourquoi mentirais-je ? je n'ai à cacher que des défauts que tout le monde voit.

— Je crois que pour cette parole mes tantes vous aimeraient tout de suite, dit Sylvain.

— Elles auraient bien de la bonté, car je ne vaux pas cher, à ce qu'on prétend, ajouta l'enfant en haussant sans façon les épaules. Mais, reprit-elle, sans transition, voici la cuisinière, elle va me faire mon chocolat.

— Vous allez encore prendre du chococolat après ce repas substantiel ! s'écria Sylvain ; si j'osais vous donner un conseil.

— Inutile, mon cousin, avec moi conseils, avertissements, avis, tout ce qui ressemble à un ordre, même mitigé, a pour effet de me porter à faire immédiatement le contraire. »

Et comme Sylvain demeurait assez déconcerté :

« Là, lui dit-elle, dites encore que vos tantes m'aimeraient. »

Il n'osa plus l'affirmer.

M. d'Hoffraye, trop occupé pour patronner son pupille dans les courses qu'il avait à faire, en chargea Henry, et les deux cousins passèrent ensemble une partie de la journée ; pour gagner du temps ils déjeunèrent au restaurant, et Sylvain ne vit Mag que le soir.

Elle lui causa, comme la veille, une impression de grâce enveloppante, de charme pénétrant ; elle semblait créée pour illuminer tout sur son passage. Le chagrin, semblait-il, ne devait jamais l'effleurer ; ses yeux ne devaient connaître que les larmes de pitié que lui arrachait le malheur d'autrui... car elle était bonne, bonne comme on l'est à dix-sept ans quand on possède en soi un tel fonds de bonheur qu'on en déverse généreusement, presque sans s'en douter, le trop-plein sur tous ceux qui vous entourent.

Il y avait ce soir-là à dîner plusieurs convives, des consuls et attachés d'ambassade qui s'étaient connus aux quatre coins du monde et étaient heureux de se trouver réunis dans cette chère France qu'ils représentaient à l'étranger, et dans laquelle ils trouvaient si bon de se retremper un peu.

Mag présidait très gentiment la table de son père ; Wanda, par occasion, savait être sage, et Henry était un aimable causeur. M. d'Hoffraye excellait dans les fonctions de maître de maison.

Sylvain continuait à être sous le charme. Cette soirée fut sa dernière vision de vie de famille avant l'internat, et, quand il prit congé de son oncle et de ses cousins, il fut enchanté de pouvoir leur dire : A bientôt !

Chacune des demoiselles Giraut prit sa semaine pour lui écrire, et leurs lettres, qu'elles fussent signées tante Catherine ou tante Édith, portaient le même cachet de tendresse touchante et de craintive sollicitude.

Sur un point cependant elles différaient ; tandis que tante Catherine, de sa fine et courante écriture, narrait les événements locaux, les enchaînant afin qu'au retour Sylvain n'eût plus rien à apprendre, tante Édith, d'une plume moins alerte, plus réfléchie, plus pensive, laissait en suspens bien des questions, mille petits faits qui sans doute intéresseraient Sylvain, mais qu'elle se réservait de lui raconter à son prochain congé.

Au fond, les réticences de tante Édith et les longs verbiages de tante Catherine avaient leur source dans la même idée de rattacher le jeune homme à son passé.

Elles prenaient seulement des voies différentes ; tante Catherine essayait autant que possible de le faire vivre de leur vie. Tante Édith croyait meilleur de le laisser au contraire avoir au retour bien des questions à poser.

Elles trouvaient le temps long, les journées monotones, les lettres de Sylvain étaient leur seule distraction.

Ces lettres étaient ponctuelles, elles étaient affectueuses aussi et sous bien des rapports les tantes avaient le droit de se montrer satisfaites. Sylvain ne manquait jamais de leur donner sur sa santé tous les détails qu'elles désiraient, il leur transmet-

tait ses notes, qui étaient excellentes, il les tenait au courant des règlements de l'École, et elles pouvaient, de leur logis solitaire, le suivre par la pensée à toute heure du jour.

Peut-on demander davantage à un travailleur, qui n'a pas le loisir d'entretenir une longue correspondance ?

Non, sans doute, et cependant il arrivait aux vieilles tantes de refermer avec un petit soupir de regret la lettre de Sylvain, et au lieu de se remémorer ce qu'il leur écrivait, elles se prenaient à penser à ce qu'il ne leur disait pas.

« Il ne nous répond pas à tel sujet, disait tante Catherine.

— Il ne s'informe pas de telle chose, remarquait tante Édith.

— Il n'en a pas le temps, il a tant à faire, reprenait tante Catherine.

— Nous nous dédommagerons aux vacances, assurait tante Édith, la correspondance ne suffit pas quand on s'aime ; on se comprend si mal par lettre. »

Tante Édith était de bonne foi en parlant ainsi.

Dans le courant de sa vie déjà longue, il y avait une expérience qu'elle n'avait pas été à même de faire, n'ayant jamais vécu loin de ceux qu'elle aimait ; elle ne savait pas que la correspondance est au contraire le criterium de l'affection, que bien souvent une séparation, qui brise les liens d'habitude, fait mieux apprécier la douceur de ces habitudes rompues, que par lettre on échange des confidences qu'on n'aurait jamais osé se faire, même à voix basse.

En regard de son papier à lettre, qui actuellement demeurait entre lui et ses tantes le seul lien palpable, Sylvain n'aurait-il pu voir se dresser soudain tous ses souvenirs d'enfance ?

Il aurait fait tant de plaisir à ses tantes en les leur rappelant, et en leur relatant ses impressions d'alors, les raisonnements qu'il se faisait, et qui, pour être inconscients, très vagues, n'en étaient pas moins un éveil de l'âme, un éveil dont les naïvetés plus tard font sourire, mais que l'on n'effleure jamais d'un sarcasme.

Mais tante Catherine avait peut-être raison quand elle avait dit que Sylvain avait trop de choses en tête et trop peu de temps à lui pour écrire longuement. Tante Édith avait peut-être raison d'espérer qu'aux vacances ils se *dédommageraient*; elles étaient certaines que Sylvain les aimait.

gens d'être très bons amis; il n'y a cependant entre eux d'autre similitude de caractère que cette ténacité au travail, encore leur ténacité diffère-t-elle sur un point : Sylvain tient à son rang par ambition personnelle; Maurer y vise pour en reporter l'honneur sur sa famille. Il le dit franchement. De toutes ses conversations il est un sentiment qui jaillit, c'est sa

On s'amuse beaucoup chez les d'Hoffraye.

En ceci elles n'ont pas tort, il les aime beaucoup, seulement il aime aussi beaucoup la vie qu'il mène actuellement, et il ne voudrait pas rebrousser chemin.

Il s'est fait tout de suite à la discipline de l'École, il travaille avec ardeur; c'est sa carrière qui est en jeu, et si sa partie est belle, elle est fortement tenue en échec par l'intelligence, la volonté aussi de ses camarades.

Entre les premiers surtout la lutte est très serrée; il y a un certain Martial Maurer, qui est entré second, et qui paraît très décidé à gagner encore un rang au détriment de Sylvain. Cette concurrence acharnée n'empêche pas les deux jeunes

vénération pour son père, son affection à la fois protectrice et tendre pour sa sœur.

Quelle est la situation sociale de sa famille? il ne l'a pas dit, parce que Sylvain ne le lui a pas demandé. Il n'a pas même l'idée que le nom, la fortune, la situation puissent influer sur l'opinion que peut inspirer un honnête homme.

Il est sous ce rapport d'une simplicité presque enfantine, et qui contraste singulièrement avec la connaissance réfléchie dont il fait montre sur bien des points.

Sylvain n'a pas cette simplicité, et l'absence de cette qualité menace de devenir chez lui un défaut. C'est un peu sa cousine Mag qui sera responsable de ce défaut, Mag et le milieu dans lequel il a été introduit par elle.

On s'amuse beaucoup chez les d'Hoffraye. Chaque jour de sortie de Sylvain est prétexte à une distraction, tantôt on va au théâtre, tantôt au *Palais de glace*, le plus souvent on est invité chez des amis, ou bien c'est Mag qui réunit dans l'intimité.

Elles étaient très agréables ces sauteries demi improvisées, et il fallut peu de temps à Sylvain pour y prendre goût. Henry l'avaient promptement initié à ces raffinements de la mode qui lui manquaient, et dont d'ailleurs il eût pu se passer, car il se présentait avec le prestige de l'uniforme.

« Mon cousin le polytechnicien », disait Mag avec orgueil. Et on lui faisait fête ; il devint le point de mire des jeunes filles, et fut traité par leurs parents avec cette nuance de déférence qu'on accorde toujours aux travailleurs.

A Rouen, lors de sa réception, il avait reçu des félicitations plus affectueuses, plus sincères, il ne sut pas discerner ce que celles-ci avaient de banal, elles lui arrivaient dans un nuage d'encens, et l'arome de cet encens le grisa ; il se crut quelque chose et quelqu'un ; de même que le berger de la Fable qui, en entrant chez le roi, oublia qu'il était *Guyot*, il oublia, lui, qu'il était Sylvain, il ne fut plus que Giraut, premier de promotion ; désormais il ne travailla plus seulement pour arriver, mais aussi pour ne rien perdre de la vaine gloire dont on l'investissait. Il semblait que le képi réglementaire fût pour son jeune front une couronne de lauriers.

Les échappées joyeuses qu'il faisait ainsi dans le monde contribuaient grandement à lui faire envisager l'existence sous une couleur très favorable. On admet donc sa déconvenue quand, un dimanche, au moment où il se disposait à sortir, il reçut un mot de son tuteur lui disant qu'il ne pouvait le recevoir ce jour-là, des amis de passage à Paris leur ayant inopinément demandé de leur consacrer l'après-midi.

Il roulait le *petit bleu* entre ses doigts, et maugréait contre les importuns qui se jetaient ainsi au travers du plaisir qu'il se promettait, quand Maurer lui frappa sur l'épaule en lui disant :

« Eh bien ! partons-nous ? »

Il leur arrivait souvent de faire route ensemble, les parents de Maurer habitant Neuilly comme les d'Hoffraye.

« Mon tuteur ne peut me recevoir, et je ne sors pas, répondit Sylvain, qui, tout décontenancé que la maison hospitalière de son tuteur lui fût fermée, ne songeait à former aucun projet de promenade.

— Qu'à cela ne tienne, dit Maurer, si c'est le but qui te fait défaut, viens chez moi ; mon père sera bien aise de te voir, et je serai content de te présenter ma sœur. »

Sylvain fit quelques façons, pour la forme, mais déjà Maurer l'avait familièrement pris par le bras, et l'entraînait vers la porte de sortie. Devant une telle insistance, il ne résista plus, et il s'efforça de faire bonne figure ; Maurer l'y aida par son entrain communicatif, et ils firent gaiement le long trajet de tramway.

Sylvain interrogea son camarade sur sa famille, afin de n'être pas trop dépaysé en y arrivant. Sur ce sujet Maurer ne tarissait pas ; il parla de son père si bon, si intègre, d'un conseil si sûr en toute chose.

Ses yeux s'emplirent de larmes quand il rappela le souvenir de sa mère, qu'il avait perdue l'année précédente. Il dit que depuis cette époque sa sœur Danielle — il disait Danie — avait été leur bon ange à son père et à lui ; c'était elle qui, malgré son chagrin, les avaient aidés à reprendre à la vie ; le père et le fils, terrassés par leur douleur, s'étaient appuyés sur la frêle enfant dont la force morale était devenue leur soutien.

La seule question qu'il passa sous silence fut l'état de médiocrité dans lequel vivait sa famille, et Sylvain eut lieu d'être surpris quand, arrivés au point terminus du tramway, son camarade l'entraîna hors des quartiers habités.

WANDA RÉCLAMA SON TOUR POUR DANSER AVEC SYLVAIN.

V

Danie.

L'HÔTEL des d'Hoffraye s'était trouvé sur le passage des jeunes gens ; sa vue avait réveillé les regrets de Sylvain de ne pas se retrouver ce jour-là dans ce cadre luxueux, et le tableau qu'il avait sous les yeux était plutôt fait pour assombrir encore son humeur redevenue morose.

Ils se trouvaient, Maurer et lui, dans de vastes terrains que parsemaient, de distance en distance, de bizarres habitations : les unes, plus larges que hautes, se composaient seulement d'un étage ; les autres, au contraire, s'élevaient en sorte de pigeonnier.

Sylvain cherchait au delà de ce singulier campement une demeure possible pour les parents de son camarade, quand Maurer, s'arrêtant, lui dit avec un sourire qui illuminait sa physionomie :

« Écoute ! »

Sylvain écouta, et entendit un aboiement, puis la course folle d'un chien auquel on vient de lâcher bride, et presque au même moment, un terre-neuve bondit sur Maurer avec des jappements joyeux.

« Oui, oui, mon vieux chien, c'est moi, disait Maurer qui prenait plaisir à ces bruyantes caresses ; c'est moi, et voici mon camarade Sylvain. Sylvain je te présente Tom. »

Sylvain, que préoccupait toujours la recherche d'une maison habitable, regardait devant lui trop loin pour apercevoir à main droite une jeune fille qui tenait ouverte la barrière d'un jardinet qui précédait un pavillon des plus modestes. Cette jeune fille était Danie. Martial la présenta à son camarade ; un instant, Sylvain se crut le jouet d'une hallucination ; l'instant qui suivit, il accusa Maurer de vouloir s'amuser à ses dépens. Que Danie fût véritablement sa sœur, ce n'était pas là ce qui le surprenait, et la joie qu'ils avaient tous deux en se revoyant ne laissait aucun doute à cet égard. Il n'avait pas lieu non plus de tomber des nues parce que Danie était jolie ; d'ailleurs sa beauté n'avait rien de frappant, rien qui vous éblouît au premier regard et vous ensorcelât comme il en était de la grâce séduisante de Mag.

Ce n'était que petit à petit qu'on se sentait captivé par le regard des yeux expressifs dans lesquels se reflétait une âme à la fois énergique et tendre, faite de calme et d'ardeur, une de ces âmes qui savent se garder, pour se donner plus sûrement, quand elles se donnent. Mais depuis les mèches châtaines qui auréolaient son front sérieux, jusqu'à la fine pointe du pied délicat dont on apercevait sous la jupe tailleur la cambrure élégante, dans son attitude à la fois réservée et gracieuse, il y avait un tel cachet de distinction, que Sylvain ne put admettre qu'elle fût l'hôte de l'étrange demeure sur le seuil de laquelle elle le recevait. Il dut cependant se rendre à l'évidence, quand elle lui dit, en lui tendant la main :

« Soyez le bienvenu chez nous, c'est fort aimable à vous d'avoir accompagné Martial. »

Sa simplicité n'avait d'égale que celle de son frère ; elle se révéla dans les moindres détails de sa réception ; elle ne songea pas à s'excuser de la modicité de leur maison, de l'exiguïté de la salle dans laquelle elle l'introduisit, et où la table du déjeuner était dressée, et elle semblait trouver si naturel qu'il fût venu, qu'il n'osa lui demander pardon du surcroît de peine qu'il lui occasionnait.

Cependant c'était sur elle que retombaient tous les soins du ménage, car il n'y avait pas de domestique, et de temps en temps elle disparaissait du côté de la cuisine, pour donner un coup d'œil à *son rôti*.

Mais la distinction que Sylvain avait reconnue en elle ne se démentait pas, et en accomplissant ces fonctions très humbles, loin de s'abaisser, elle les relevait au contraire à la hauteur du devoir... jusqu'à elle.

M. Maurer ne devait rentrer qu'à une heure ; on l'attendit pour déjeuner. Danie donna à son frère la cause de ce retard.

Leur père avait dû se rendre à l'appel d'un amateur de meubles et d'objets d'art, qui, ayant entendu parler de son talent de sculpteur sur bois, se proposait de le charger de la réparation d'un bahut antique qu'un incendie avait en partie détérioré; il faudrait reconstituer, d'après l'époque présumée de ce bahut, deux panneaux dont on n'avait que des vestiges.

M. Maurer n'avait voulu prendre aucun engagement avant de s'être rendu un compte exact du travail qu'on attendait de lui.

« Et auquel tu participeras, s'il s'agit de dessin, dit Martial à sa sœur.

— Sans doute, répondit-elle, et j'ai à l'avance ébauché plusieurs projets.... Voulez-vous me donner votre avis? » demanda-t-elle en se tournant vers Sylvain.

La surprise qu'avait éprouvée Sylvain en étant introduit dans cet intérieur, se changeait en intérêt, et ce fut bien volontiers qu'il acquiesça à la demande que lui faisait Danie.

Ils passèrent dans une pièce qui communiquait à la salle à manger, et qui formait une aile spacieuse à l'humble maisonnette.

Sylvain demeura indécis sur la désignation qu'on pouvait donner à cette pièce.

Bien qu'elle fût en partie vitrée, ce n'était pas une serre, car les seules fleurs qu'on y pût voir était des chrysanthèmes, qui avaient servi de modèles à Danie. Les crayons, les compas, les dessins qui couvraient une table faisaient supposer qu'on se trouvait dans un atelier d'ornemaniste; mais alors que venait y faire cet établi qui en occupait le centre, ces outils de menuiserie, cet amoncellement de planches prêtes à être travaillées, et déjà même dégrossies.

La jeune fille avait parlé d'un travail sur bois qu'on allait confier à son père. M. Maurer était-il menuisier?

Danie ouvrit posément un de ses cartons afin d'y chercher le dessin pour lequel elle en appelait aux conseils d'un jury; Martial, d'un geste qui ressemblait beaucoup à une caresse, passait la main sur l'établi de son père. Il souriait à une vision qu'il évoqua tout haut :

« Danie, dit-il, te rappelles-tu le temps où, juchés sur cet établi qui nous servait de monture, nous nous imaginions partir pour un de ces voyages dont papa nous avait lu le récit dans les contes avec lesquels il charmait nos veillées?. »

La jeune fille suspendit ses recherches; à demi penchée sur le carton dont elle se servait maintenant comme d'accoudoir, elle laissait son regard errer sur les scènes de leur enfance que Martial venait d'évoquer. Et, suivant la pente des pensées de son frère :

« Et te rappelles-tu, dit-elle à son tour, notre joie quand nous sommes venus nous installer dans cette maison que papa a fait construire pour que nous soyons en bon air, et qu'il puisse avoir son atelier près de nous sans risquer de gêner les voisins?

— C'était au printemps, dit Martial, qui se souvenait aussi, et quand maman est entrée pour la première fois dans l'atelier, il était inondé de soleil et le petit jardin était tout fleuri.

— Oui, dit Danie, c'était *le printemps.* »

A sa façon plus précise de le désigner ce printemps de leurs souvenirs, on comprenait qu'il garderait dans son cœur une place unique; qu'entre tous les printemps qu'elle avait vécus, et tous ceux que lui réservait la vie, celui-là demeurerait le plus beau, le plus ensoleillé, le plus fleuri, le seul qui dans sa pensée demeurerait complètement vainqueur de toutes les ombres des hivers.

Mme Maurer ne devait pas voir un second printemps, et c'était sans doute la rencontre si prochaine que ses enfants devaient faire avec la douleur, qui, par contraste, avait apposé un sceau ineffaçable sur leurs dernières heures de joie.

Habituée à se maîtriser, Danie tourna vers Sylvain son visage d'où elle essayait de bannir la tristesse. Il y avait cependant encore une profonde mélancolie dans la façon dont elle s'excusa près du jeune homme de s'être laissée un instant absorber par ses souvenirs. Elle lui dit combien le chagrin de la mort de sa mère demeurait latent dans son cœur, et combien la chère présence lui faisait défaut; mais elle ajouta qu'elle n'était pas ingrate envers la Providence, qui lui avait laissé un père si tendre et un si bon frère.

« Peut-être aussi, dit Sylvain, qui, au contact de cette douce et pieuse enfant, sentait vibrer en lui des cordes sensibles, peut-être aussi y a-t-il de la douceur à pouvoir pleurer sa mère; moi, je n'ai pas connu la mienne.

— C'est vrai, Martial m'a dit que vous êtes orphelin; vous êtes plus à plaindre que nous; mais vous avez été élevé par des parents qui ont été bons pour vous, n'est-ce pas? »

Il y avait dans son interrogation une compassion inquiète.

Sylvain s'empressa de répondre :

« J'ai deux tantes qui m'aiment comme si j'étais leur fils.

— Ah! tant mieux. Et vous, comme vous devez les aimer! »

Il les aimait en effet les chères vieilles filles, et cependant cette exclamation de Danie le troubla comme étant l'expression d'une affection expansive qu'il n'avait jamais ressentie, et par suite jamais exprimée; mais il pensa que les femmes ont une façon de sentir différente de celle des hommes, et son trouble, très passager, ne servit qu'à lui faire regretter pour ses tantes d'avoir été appelées à élever un Sylvain, plutôt qu'une tendre et caressante petite Danie.

Elle n'était pas seulement caressante et tendre, cette petite Danie; elle ne se contentait pas d'être une bonne petite ménagère; elle possédait un vrai talent de dessinatrice, comme put s'en convaincre Sylvain, quand ils passèrent en revue le contenu de ses cartons.

Il s'agissait cependant d'un travail purement professionnel. Sylvain apprit alors que la sœur de son ami avait fait des études spéciales de dessin d'ornement, afin de seconder son père qui était sculpteur sur bois, et reproduisait les dessins de la jeune ornemaniste; Martial attira son attention sur des meubles imités de l'ancien, et dont les moulures attestaient du talent de l'ouvrier, et Sylvain les admira sincèrement; cependant, quoi qu'en aient pu dire Martial et Danie du talent de leur père, quoiqu'il eût pu lui-même en juger, il assimila M. Maurer à un menuisier plus ou moins habile.

Un joyeux aboiement de Tom, le bruit de la barrière qu'on ouvrait, un pas ferme dans la cour annoncèrent le retour du père de famille. Sylvain fut tout de suite gagné par le père, comme il avait été conquis par les enfants; certes, il ne put s'empêcher de remarquer que la main qui lui était tendue était la main rude et calleuse d'un ouvrier; mais la prestance très digne du sculpteur sur bois, sa manière un peu hautaine de relever la tête, dénotaient chez ce travailleur manuel, chez cet ouvrier du ciseau et du marteau, la volonté intelligente et la ténacité qui se retrouvaient chez le très jeune travailleur de la pensée qu'était son fils.

L'après-midi passa agréablement; on parla beaucoup de l'École, de ses usages; les jeunes gens rappelaient à l'envi les anecdotes qu'ils avaient recueillies sur les plus célèbres de leurs anciens, des ancêtres pour eux, mais de ces ancêtres dont on s'honore.

On en vint aussi à parler littérature et art, art surtout; sur ce dernier sujet, M. Maurer était un érudit; les volumes, choisis plutôt que nombreux, qui composaient sa bibliothèque, se rapportaient presque exclusivement à la peinture, et il possédait une collection d'estampes qui fit l'admiration de Sylvain.

Comment cet érudit, cet amateur de gravures, artiste lui-même, avait-il réduit ses aspirations à la tâche fatigante qui le courbait sur un établi?

Sylvain l'apprit par hasard.

M. Maurer racontait à ses enfants

l'emploi de sa matinée; il leur dit que tout était entendu au sujet du vieux meuble qu'il allait reconstituer, et, s'adressant à Danie :

« Tes derniers dessins ne pourront convenir, lui dit-il, mais j'ai pensé que tu pourrais tirer parti du dessin de la vieille dentelle de Malines de ta grand'mère.

— De cette façon, dit Martial en riant, trois générations de Maurer auront tra-

M. Maurer la déploya avec des soins extrêmes.

« C'est l'ouvrage de ma mère, dit-il à Sylvain, et je ne puis le voir sans qu'il me retrace notre histoire.

« Bien que d'origine française, ma famille a longtemps habité la Belgique, et comme beaucoup de jeunes filles du pays, ma mère avait appris à faire de la dentelle ;

M. Maurer la déploya avec des soins extrêmes.

vaillé à la restauration du meuble en question.

— J'aime qu'il en soit ainsi, dit gravement M. Maurer; nous sommes solidaires, non seulement de nos contemporains, mais aussi de nos devanciers comme de nos descendants; nous sommes le lien qui relie le passé d'hier, au présent qui est demain, et toute œuvre est le résultat de l'union de bien des efforts. »

Danie, qui avait été chercher la dentelle de Malines, revint portant un carton jauni noué par une faveur jadis bleue.

Elle dénoua la faveur, et, en s'entr'ouvrant, le carton laissa voir une merveilleuse dentelle haute de vingt centimètres.

mais il était peu supposable qu'elle dût jamais avoir besoin d'en faire son métier, car son père était dans l'aisance; et elle fit un riche mariage; mais mon père, qui était industriel, fut trompé par un associé malhonnête, et quand il mourut, et qu'il fallut liquider la situation, ses affaires étaient tellement compromises que, pour garder l'honneur du nom, ma mère dût se réduire à une vie de travail.

« Elle entra dans un atelier de fabrication de dentelle; avec les connaissances qu'elle avait déjà du métier, elle devint promptement une ouvrière émérite.

« Cette malines, le dernier travail qu'elle ait fait, vous témoigne de son talent. Elle en avait elle-même composé le dessin, ce qui lui donne une grande valeur. Pour toute fortune, elle me la légua ; j'aurais pu la vendre fort cher, mais je n'y songeai pas, elle me devint sacrée comme un exemple du travail patient et dévoué de la digne créature que je vénère comme une sainte. Elle m'avait légué davantage ; je possédais son goût pour le dessin, je savais de plus manier gentiment le ciseau, j'entrai chez un ébéniste, qui utilisa mon talent naissant. J'avais mon métier entre les mains. »

Sylvain, qui l'écoutait avec un intérêt très vif, se permit de lui faire part de son étonnement qu'il n'ait pas songé à manier plutôt la terre glaise que le bois.

Avant de répondre, M. Maurer se recueillit ; il semblait se consulter, s'examiner scrupuleusement.

Enfin, il répondit :

« Je ne crois pas y avoir songé ; cela tient sans doute à ce que je n'en avais pas l'aptitude ; cela peut tenir aussi aux circonstances qui ne s'y prêtaient pas ; j'ai toujours fait en sorte de répondre aux circonstances. Je crois qu'elles sont l'expression de la volonté de Dieu, et que, pour bien vivre sa vie, notre devoir à chacun est de suivre la voie qui se trouve presque toujours nettement indiquée à ceux qui ne sont pas des aveugles volontaires. Je n'ai connu pour ma part aucune de ces indécisions qui font le malheur de beaucoup de vies, tout a été très simple dans mon existence et je n'ai jamais scruté ce qui aurait pu arriver si j'avais orienté autrement ma destinée ; la route que j'ai suivie a eu ses épreuves, mais elle a été à l'abri des orages ; c'est sur cette route que j'ai rencontré la douce créature qui fut ma femme. Nous étions parents, et nos goûts ne différaient pas ; d'un commun accord, nous sommes venus en France désirant que notre fils y fût élevé. Ma grande préoccupation a été d'inculquer à mes enfants la passion du travail ; mes efforts ont été bénis ; ma petite Danie m'est une précieuse auxiliaire, et Martial, quelle que

soit la carrière qu'il embrassera, mettra la main à l'œuvre commune, puisqu'il ne faillira pas au devoir qui lui incombe de rester fidèle aux traditions laborieuses de la famille. »

Sylvain ne s'y connaissait guère en fait de dentelle ; mais celle que les Maurer gardaient comme une relique lui parut fort belle. Le dessin en était remarquable. De l'avis unanime il suffirait de peu de modifications pour l'adapter à un modèle de travail sur bois, qui pût convenir au but qu'on se proposait.

VI

Deux sœurs.

Ce fut à regret que Sylvain vit arriver l'heure de quitter la famille Maurer. Comme les jeunes gens regagnaient d'un bon pas leur tramway, en passant devant l'hôtel des d'Hoffraye, ils aperçurent de la lumière.

« Vos parents sont rentrés », dit Martial. Et, se rappelant la déception que Sylvain avait éprouvée le matin même en recevant leur petit bleu : « Si nous avions pu le deviner, ajouta-t-il, vous nous auriez quittés plus tôt, ce qui vous aurait permis d'aller passer un moment avec eux.

— Je ne regrette pas le temps passé chez vous, dit sincèrement Sylvain ; d'ailleurs, nous avons bien quelques minutes devant nous ; entrons les surprendre. »

Ce fut en effet une surprise pour le consul et pour ses enfants quand la porte du salon s'ouvrit pour laisser passer les deux polytechniciens. La famille venait de rentrer, car Mag n'avait pas encore quitté son manteau de fourrure, dans lequel elle se drapait frileusement, tout en tendant à la flamme d'un beau feu de bois ses pieds chaussés de fines bottines. Elle était rentrée toute frissonnante ; son frère Henry, plein de sollicitude, lui préparait lui-même une tasse de thé ; M. d'Hoffraye décachetait le courrier qu'on venait de lui remettre. Une exclamation bruyante, un bond prodigieux d'une fillette qui renversa sur son passage une table et trois chaises avant d'arriver à Sylvain, apprirent au jeune homme que Wanda avait trouvé moyen, soit de ne pas quitter le domicile paternel, soit de s'y faire de nouveau ramener.

Sylvain expliqua sa présence aussi tardive dans le quartier, et il présenta Martial.

« C'est tout à fait gentil à vous d'être

Mag ne frissonnait plus. A une question que lui posa son frère, elle répondit qu'elle ne se ressentait plus du malaise qu'elle avait éprouvé ; elle était cependant un peu fébrile, mais ses yeux n'en étaient que plus brillants. Elle eut le don de mettre Martial à l'aise, en lui parlant de sa famille, et elle lui exprima le désir de faire la connaissance de Danie.

« Entrons les surprendre, » dit Sylvain.

entrés, dit Mag qui s'était vivement rapprochée, tandis que le consul et Henry échangeaient des poignées de mains avec les jeunes gens.

— Puisqu'on les tient, on va les garder, dit Wanda, qui flairait la bonne aubaine d'un thé plus substantiel que celui qu'on avait servi pour réchauffer Mag.

— Cela nous est malheureusement impossible, dit Sylvain en consultant sa montre ; nous nous mettrions en retard. »

Mag trouva le moyen de tout arranger.

« On vous reconduira en auto, dit-elle, nous bénéficierons ainsi du temps que vous passeriez en tramway. »

L'on passa une agréable demi-heure.

Sylvain en fut contrarié ; les jeunes filles avaient des vies si différentes ! Il y avait la distance des deux antipodes entre l'atmosphère de luxe dans laquelle Mag se mouvait, et l'air plus salubre, plus sain, mais plus rude auquel Danie était faite, et il craignait que Mag, surprise comme il l'avait été lui-même de la modicité de la demeure des Maurer, ne laissât par inadvertance échapper un mot qui pourrait froisser Danie. Il aurait voulu se mêler à l'entretien de sa cousine et de Martial, et trouver le moyen de prévenir Mag contre des étonnements éventuels ; mais il était aux prises avec Wanda qui, tout en dégustant une formidable part de pudding, l'avait pris à part pour lui confier que ses affaires marchaient au mieux. Elle s'était fait renvoyer d'une nouvelle pension, pour tapage nocturne. Elle riait encore du désarroi dans lequel elle avait jeté l'institution en sonnant au milieu de la nuit la cloche d'alarme et en criant au feu !

« Maintenant mon affaire est réglée, disait-elle ; papa sera forcé de me garder, personne ne voudra de moi. »

« Mes enfants, dit M. d'Hoffraye aux jeunes gens, même en auto, vous n'avez plus maintenant que le temps de vous rendre à l'École. »

Sylvain entendit Mag dire à Martial.

« Donnez-moi l'adresse de votre sœur que j'aille la voir. »

Martial donna l'adresse.

Wanda, qui les conduisit jusqu'à la voiture, dit à son cousin :

« Si vous entendez parler d'une pension pour les intraitables, gardez-vous bien de donner le renseignement à papa.

— Vous le mériteriez, Wanda, » répondit Sylvain avec quelque humeur ; car il lui en voulait de l'avoir ainsi accaparé.

Elle ne pouvait deviner la cause de sa mauvaise humeur ; mais il y avait tant de motifs pour qu'on la traitât sévèrement, qu'elle répondit avec conviction :

« Quant à cela, mon cousin, vous avez parfaitement raison. »

Mag avait décidément attrapé froid, et il en résulta un rhume qu'elle traita à la légère ; elle consentit cependant à garder la chambre pendant deux jours, mais ce laps de temps écoulé, rien ne put la retenir, et nous la trouvons devant sa glace, parachevant sa toilette de sortie.

Elle n'était pas coquette, ou du moins elle l'était inconsciemment ; l'idée ne lui serait pas venue de se dérober aux usages de la mode, ni même de reculer devant les excentricités de toilette qui lui seyaient ; elle apportait au contraire tous ses soins à se parer ; c'est pourquoi elle s'attardait avec complaisance devant la haute glace de Venise qui lui envoyait une image fort agréable à regarder, l'image de la pari-

sienne qui sait ajouter à une toilette irréprochable l'imprévu d'une sorte de laisser-aller qui défie toute imitation.

Mais près de cette image séduisante, dans la glace de Venise, une seconde image se dessina, celle de Wanda.

Jamais sœurs n'offrirent de contrastes plus frappants, et Wanda, non contente de n'avoir pas été aussi favorisée que Mag sous le rapport de la beauté, paraissait prendre plaisir à s'enlaidir encore ; car enfin, si sa bouche était grande, pourquoi s'ingéniait-elle à la rendre grimaçante par le pli ironique qui correspondait trop souvent avec la malice du regard ?

Pourquoi avait-elle à cœur de froncer les sourcils, comme une petite vieille qui serait jalouse de garder entre ses rides toutes les histoires de sa vie.

Si elle avait voulu condescendre à faire de ses bras et de ses jambes l'usage que doit en faire une petite fille que l'on ne destine pas à être saltimbanque, elle n'aurait pas eu cet air dégingandé qui lui donnait une ressemblance tantôt avec le chevreau bondissant, tantôt avec l'écureuil grimpeur.

Mais il importe fort peu à Wanda d'être comparée à tel ou tel animal de la création, il lui importe même si peu que, en ce moment, au lieu de se regarder posément dans la glace, ou de ne pas se regarder du tout, elle ne dédaigne pas de ressembler à un singe en faisant les contorsions les plus hideuses, si bien qu'elle s'attire de sa sœur cette remarque désobligeante.

« Ma pauvre Wanda, comme tu es laide !

— Cela dépend des goûts, répondit Wanda sans se déconcerter. Mon chat me trouve bien.... à propos, tu sais qu'il y a cinq petits chats, tous plus gentils les uns que les autres ; j'ai déjà trouvé leurs noms : Grelot, Grelotin, Grelotine, Grelota, Grelotichon. »

Mag ne l'écoutait pas ; elle se dirigeait vers la porte.

« Où allons-nous ? demanda Wanda qui la suivait.

— Comment, où nous allons ! tu n'as

pas la prétention, je suppose, de sortir dans cette toilette.

— Cela ne me dit pas où tu vas, » reprit Wanda qui, d'un tour de main, brossait sa robe, rajustait sa collerette, et donnait à sa chevelure un semblant d'ordre.

La même question fut posée à Mag, sous une forme plus affectueuse, par son frère qui la croisa dans l'escalier.

« Où vas-tu? s'écria-t-il, tu avais promis de te soigner.

— Mais Henry, c'est ce que j'ai fait, je ne suis pas sortie depuis deux jours, c'est long, tu sais, très long, j'aime tant à sortir! d'ailleurs, je ne vais pas loin et je ne resterai pas longtemps dehors; je vais voir la sœur de l'ami de Sylvain, Mlle Maurer.

— Ta femme de chambre t'accompagne?

— Non, vraiment; pour aller tout près, en voiture, j'ai pensé que je pouvais me permettre de sortir seule. »

Wanda profita du colloque pour s'éclipser; elle courut à sa chambre, prit son chapeau de pensionnaire, les premiers gants qui lui tombèrent sous la main, et rejoignit Mag au moment où la jeune fille s'apprêtait à monter en voiture. Elle discutait encore avec Henry au sujet de sa sortie.

« Promets-moi au moins que tu seras raisonnable, lui disait-il; que tu rentreras de bonne heure. »

Wanda sauta près de Mag sur la banquette capitonnée : et se désignant d'un geste théâtral :

« Je serai son mentor, dit-elle, tu peux compter sur moi, Henry, je la ramènerai saine et sauve. »

Henry et Mag ne purent s'empêcher de rire, mais la protection de cette duègne enfantine suffit à Henry, et, par condescendance, la sœur aînée garda Wanda.

Peu d'instants plus tard, elles arrivaient à l'adresse donnée par Martial.

Wanda sauta à terre, et tendit la main à sa sœur pour l'aider à descendre de voiture.

« Où as-tu pris ces affreuses mitaines, demanda Mag, qui seulement alors s'aperçut de la façon dont sa sœur était gantée.

— Ce ne sont pas des mitaines, dit Wanda en étalant ses deux mains, ces gants étaient si percés que j'en ai coupé les bouts. Si tu préfères que je m'en passe, c'est facile! »

Déjà Mag ne l'écoutait plus, elle cherchait à la barrière d'entrée un signe d'appel quelconque, sonnette ou marteau.

« Quelle drôle de maison, dit Wanda, tu dois te tromper.

— Non, c'est bien l'adresse. »

Elle avait avisé un fil de fer qui faisait l'office de cordon de sonnette, elle le tira violemment.

Presque aussitôt Danie parut sur le seuil de la porte.

A cette même heure, Sylvain était aux prises avec quelque difficulté de mathématiques; il ne songeait ni à Danie ni à Mag; il ne pressentait pas que l'entrevue qu'il avait redoutée se préparait; cette entrevue dont il aurait voulu prévenir chez Mag les surprises un peu décevantes.

Il s'était dit, ce fameux dimanche soir où Martial avait sans sourciller donné l'adresse de son père :

« J'espère que Mag ne se pressera pas de s'y rendre, j'aurai le temps de lui parler. »

Et voilà, au contraire, que Mag *s'était pressée*, que, sans avertissement préalable, elle allait se trouver introduite dans cet intérieur dont la modicité lui déroberait peut-être le sérieux attrait.

Ah! si Sylvain avait pu lui dire!

Mais lui dire quoi?

Sylvain connaissait à peine Danie, et, quoi qu'il pût en penser, il connaissait à peine Mag.

Mag ressemblait à ces beaux papillons diaprés d'or et de pourpre qui demandent aux plus belles fleurs, comme aux plus humbles, le suc qui est leur vie.

Mag effleurait tout, mais de très haut, elle planait un peu, et ce qui eût été un défaut pour bien d'autres, concourait à faire un de ses charmes; si ses illusions lui voilaient un peu trop le terre à terre de la vie, elles lui en voilaient aussi la poussière et les ronces, et de la région éthérée dans laquelle elle se mouvait, elle jetait sur toute chose et sur chacun un regard bienveillant plutôt qu'observateur.

Elle fut frappée comme Sylvain de la simplicité de la demeure des Maurer, mais son étonnement ne se changea pas en froide politesse; sa jeunesse, qui d'instinct recherchait la jeunesse, ne s'effaroucha pas du cadre dans lequel lui apparut Danie, qui s'avançait au-devant d'elle, apaisant d'un geste le terre-neuve qui grondait sourdement.

« Est-ce ici qu'habite M. Maurer? » demanda Wanda, qui doutait encore.

Sur la réponse affirmative qu'elles reçurent, Mag tendit spontanément la main à Danie.

« Nous sommes les cousines de Sylvain, lui dit-elle; nous savons par lui le bon accueil que vous lui avez fait, et j'ai eu le désir de vous connaître. »

Au nom de Sylvain, la physionomie jusque-là sérieuse de la jeune fille s'éclaira:

« Il est donc dans les habitudes de votre famille d'arriver toujours à l'improviste, dit-elle gaiement; dimanche dernier, votre cousin est venu partager notre repas de famille, aujourd'hui vous nous surprenez en plein travail.

« Me déranger?... continua-t-elle, en réponse à une excuse de Mag, oh! non, et père va être charmé de vous recevoir. »

Elle les introduisit sans façon dans l'atelier.

« Père, dit-elle en entrant, ce sont les cousines de M. Giraut qui viennent nous voir. »

M. Maurer était assis devant son établi, étudiant les contours à demi détériorés des vieux panneaux. Devant lui, à côté de la dentelle de Malines, était le dessin de Danie qui en reproduisait les arabesques, et il comparait, mesurait de l'œil, concevant son travail en artiste avant de mettre la main à l'œuvre.

La voix de sa fille vint l'interrompre; il se leva, et, sous sa blouse de travail, séparé des visiteuses par son établi, il fut pour Wanda un second désenchantement.

En entrant, elle s'était dit : « Quelle singulière maison ils habitent! » En regard du maître de céans, elle se fit la réflexion qu'elles étaient chez des ouvriers.

L'impression de Mag fut tout autre; d'une nature essentiellement sensitive, la jeune fille éprouvait d'abord un délicieux bien-être à se trouver dans une pièce dont la douce atmosphère l'enveloppait. Cette atmosphère était due, non au calorique toujours étouffant d'un poêle, mais au feu de bois qui crépitait dans une cheminée très vaste, qui rappelait les âtres de nos fermes. Entre les chenets de fer forgé, une bouillotte de forme ancienne chantait joyeusement, et les sièges finement fouillés, les meubles dont la rusticité apparente est devenue un des luxes modernes, donnaient un ensemble antique et harmonieux à ce logis, original assurément, mais qui n'avait rien de bourgeois, seule chose qui eût été capable de choquer désagréablement la jeune fille. Quant à M. Maurer, il lui plut tout de suite par sa simplicité.

« Est-ce bien vrai que nous ne vous dérangeons pas! » demanda-t-elle pour la seconde fois, car elle avait conscience qu'elle ne pouvait entrer comme en pays conquis dans cet intérieur où le temps devait être sagement réglé.

De même que Danie l'avait fait un instant auparavant, M. Maurer l'assura qu'elle était la bienvenue, et il lui avança une bergère. Wanda daigna s'asseoir tout près de l'âtre, sur une banquette sculptée; mais contre son habitude de petite fille bavarde, et malgré les efforts de Danie qui tâchait de l'y inviter, elle ne prit aucune part à la conversation.

On n'abordait cependant pas des questions de haute volée; c'est Mag qui en avait pris les rênes, Danie l'écoutait avec son sourire un peu grave, et au moment où elle allait placer son mot, à son grand étonnement, sa jolie visiteuse avait déjà passé à un autre sujet.

Puis Mag s'amusa à visiter l'atelier. M. Maurer se prêta à ébaucher devant elle une petite plaquette ; elle se fit donner par Danie l'origine des estampes ; elle se drapa dans la vieille malines qui n'aurait pu prétendre encadrer un plus gracieux visage, et elle admira sincèrement un rouet que Danie lui affirma être authentique.

VII

Ce que disent les portraits.

WANDA saisissait toutes les nuances de la réception qui leur était faite chez les Maurer, et son impression était fâcheuse ; l'absence de domestique la choquait ; elle trouvait malséant d'être reçue dans cet atelier. M. Maurer était pour elle un motif de désappointement, et bien qu'elle ne fût pas, en ce qui la concernait, une fervente du décorum, elle était froissée qu'il n'eût pas songé à échanger sa blouse contre un veston. Sur Danie, elle ne se formait aucun jugement, par la raison sans doute que ce jugement eût été favorable, et qu'elle était décidée à ne voir que le petit côté des choses.

Quatre heures sonnèrent à un cartel pendu au-dessus de la cheminée ; Wanda bâilla plus ou moins discrètement, et sa mauvaise humeur s'accrut à la pensée que c'était l'heure du goûter ; Mag ne semblait pas s'en souvenir, elle prolongeait à plaisir une visite déjà longue, et Danie ayant parlé d'un bureau à colonnettes que son père lui avait fait pour sa chambre, elle demanda à le voir.

« C'est facile, dit Danie, ma chambre est au premier étage, je vais vous y conduire ; mais auparavant, nous allons prendre le thé, ma bouillotte s'impatiente. »

Au mot de thé, Wanda avait dressé l'oreille, et, sautant de sa banquette où elle finissait par s'engourdir :

« Je vais vous aider à le servir, » s'écriat-elle.

Elle aida surtout à y faire honneur en dégustant la boisson parfumée, et en engouffrant — c'est le mot — d'excellents petits gâteaux que Danie avait confectionnés le matin même, elle sentait ses idées se modifier singulièrement.

Ils étaient vraiment très hospitaliers, ces braves gens, leur goûter était très bon, et puis il faisait chaud chez eux. Il y avait bien la blouse de M. Maurer qui la chiffonnait toujours, mais, blouse à part, il n'avait pas l'air commun, et puis il était le père de Danie, qui était charmante, de Martial, qui avait un uniforme comme Sylvain ; toutes ces conditions l'influencèrent d'une façon heureuse. Wanda avait la digestion aimable.

Après le thé, on monta chez Danie, comme Mag l'avait désiré.

La chambre de la jeune fille n'était pas grande ; elle était très simple ; mais il s'en dégageait un parfum de calme, de paix ineffable. Sur la blancheur des rideaux de mousseline tranchait le fond d'ébène d'un grand crucifix, et, lui faisant face, sur le mur tendu d'un papier de nuance claire, se voyait un portrait de femme. Mag avisa le petit bureau qu'elle était venue voir, et s'extasia sincèrement.

Wanda était restée sur le seuil de la porte.

« Vous n'entrez pas ? » lui dit Danie.

L'enfant fut sur le point de répondre : « Je n'ose pas. »

Cette chambre lui faisait un peu l'effet d'un sanctuaire, et avec cette mobilité de sentiments qui, au moment où l'on s'y attendait le moins, remuait en elle des cordes profondes, elle se sentit pénétrée d'une sorte de respect pour l'hôte bien jeune pourtant de ce réduit austère.

« Votre chambre ne ressemble ni à celle de Mag ni à la mienne, dit-elle timidement ; tout y est rangé, si rangé qu'on dirait presque qu'au lieu d'être votre chambre, elle est seulement celle de ce portrait.

— Cependant je l'habite, dit en souriant Danie, mais vous n'avez pas tort en pensant qu'elle est aussi la chambre de ce

3

portrait, qui l'anime pour moi du souvenir de ma mère.

— Ah ! c'est votre mère, dit Wanda qui se décida à entrer tout à fait, et qui se planta droit devant le portrait.

— Elle devait être fort bien, dit Mag, qui s'était rapprochée à son tour et jetait un regard complaisant sur cette toile où se profilait l'ovale d'un visage idéalement pur.

— Je pense, comme vous, qu'elle devait être jolie, dit Danie en fixant sur l'image chérie un regard plein d'amour, c'est une chose que je ne m'étais pas demandée ; aux yeux de ses enfants, une mère n'est-elle pas toujours jolie ? Ce que je recherche sur ce portrait, ce sont moins les traits que l'expression si tendre qui semble me suivre. Il m'arrive souvent de l'interroger, d'y chercher ma lumière, d'y puiser ma force. Si, par impossible, cette toile se voilait, je croirais perdre une seconde fois ma mère.

— C'est comme moi, dit Wanda, ou du moins c'est presque comme moi ; car les portraits de nos mamans sont trop différents pour nous dire les mêmes choses. Que vous dit votre mère, j'aimerais à le savoir ? »

Mag regarda sa sœur avec stupéfaction ; était-ce la petite cosaque qui parlait avec ce sérieux, cette mélancolie ?

Danie aussi regarda l'enfant plus attentivement qu'elle ne l'avait fait jusque-là, et elle vit deux grands yeux qui semblaient implorer qu'elle parlât encore.

Mais il suffit qu'on vous y convie pour couper court à des confidences qui s'échappaient d'elles-mêmes. La réflexion de Wanda avait d'ailleurs étonné Danie, et, au lieu de répondre au désir de l'enfant, elle lui retourna sa demande :

« J'aimerais, moi aussi, à savoir ce que vous dit le portrait de votre mère ? »

Mag, qui considérait sa petite sœur comme une tête de linotte, répondit vivement à la place de l'enfant :

« Wanda ne peut interpréter les sentiments de maman, puisqu'elle ne l'a pas connue, elle n'avait que quelques mois quand nous l'avons perdue.

— C'était ma mère tout de même, dit Wanda avec un éclair dans ses grands yeux ; pour ne l'avoir pas connue, je n'en puis pas moins l'aimer, et je l'aime tout plein... seulement, ajouta-t-elle en s'adressant à Danie, on m'a trouvée de si peu d'importance qu'on ne m'a pas donné son vrai portrait ; Mag en a un pourtant, mon frère Henry aussi ; alors je me suis vengée.

— Vengée, » dit Danie avec une pointe de reproche qui arracha à Mag cette réflexion :

« Si vous vous effarouchez déjà des sentiments de ma petite sœur, que serait-ce si vous connaissiez tous ses méfaits.

— Oh ! dit l'enfant avec insouciance, maman me comprend, cela me suffit.

— Elle ne peut cependant vous approuver si vous êtes méchante, dit Danie.

— Je ne suis pas méchante, reprit Wanda, j'aime à jouer des tours, ce qui n'est pas la même chose, et maman en rit avec moi, cela l'amuse de m'entendre les lui raconter, quelquefois même c'est elle qui me donne des idées. Nous complotons ensemble, c'est-à-dire, moi et son portrait.

— Mais tu viens de nous dire que tu n'as pas son portrait, reprit Mag qui s'impatientait.

— J'ai dit que vous ne me l'aviez pas donné ; mais que je me suis vengée ; un jour, j'ai pris dans un album une photographie qui la représente à dix ans, tenez... la voilà ma petite maman à ma taille. »

Elle sortit de sa poche une photographie jaunie, salie, mais sur laquelle on distinguait les traits d'une fillette au regard plein d'espièglerie et de malice.

« C'est mon amie, ma seule amie, reprit Wanda ; mais vous comprenez maintenant qu'elle ne peut me donner les conseils que me donnerait un portrait la représentant plus âgée. »

Danie ne souriait plus, et Mag, demi-émue, demi-surprise, se demandait avec un vague malaise si elle avait jamais essayé de comprendre Wanda, et de remplacer

IL LEUR ARRIVAIT SOUVENT DE FAIRE ROUTE ENSEMBLE.

près d'elle, dans la limite du possible, la pauvre mère absente.

Le jour baissait, il fallut songer au départ; mais ce fut en se promettant de part et d'autre de se revoir.

Quand les deux sœurs furent en voiture, Wanda dit à Mag :

« Tu ne parleras pas de cette visite à Henry, n'est-ce pas?

malgré sa blouse, il est très bien; il dirait que Danie... »

Elle s'arrêta et hocha la tête :

« De Danie, il ne pourrait rien dire; mais Danie ne peut être séparée de son père, de sa maison, de l'atelier...

— Tu divagues, » dit Mag.

Mais des divagations de Wanda elle avait retenu un conseil, et Henry ignora

Les Maurer étaient très hospitaliers.

— Pourquoi? demanda Mag.

— Parce que, » répondit Wanda.

Elle resta court, non pas qu'elle ne sût très bien ce qu'elle voulait dire, mais elle était assez embarrassée pour l'exprimer.

« Je ne vois pas pourquoi, reprit Mag, Henry serait tenu à l'écart de nos relations.

— Non, non, s'écria l'enfant, il ne faut pas qu'il connaisse Danie, son père non plus, ni leur maison; tu as été très aimable pour eux, mais Henry ne verrait pas les choses comme nous; il dirait qu'ils sont pauvres, et cependant ce ne sont pas *des pauvres*, qu'ils ont une vilaine maison, et cependant on y est fameusement bien reçu, que le père est un ouvrier, et pourtant,

les détails de cette visite qui, du reste, aurait pu compter au nombre des multiples fantaisies de Mag si, indépendamment de la sympathie très réelle que lui avait inspirée Danie, elles ne s'étaient trouvées rapprochées l'une de l'autre par l'amitié qui liait Martial à Sylvain.

Ce dernier avait été enchanté de la bonne impression que Danie avait produite sur Mag, et, encouragé par cet heureux prélude de leurs relations, il s'était laissé aller à raconter sur la famille Maurer ce qu'il en avait appris.

C'est au déjeuner, le dimanche qui suivit la visite de Mag à Danie, que l'entretien s'attarda sur ce sujet.

Cela donna même lieu à une scène plutôt regrettable.

M. d'Hoffraye écoutait Sylvain avec plaisir, mais Henry, étonné que Mag ne lui eût pas parlé de Danie, lui en fit gaiement le reproche.

Wanda se chargea de la réponse; elle le fit avec sa franchise quelque peu impertinente :

« C'était mieux ainsi, dit-elle à son frère, et j'espère que tu ne vas pas maintenant venir brouiller les affaires.

— Toujours gracieuse, » dit Henry en lissant sa moustache.

Et s'adressant à Sylvain :

« Vous devez la trouver charmante, n'est-ce pas, notre petite sœur?

— Ah! dit Wanda, il y a longtemps qu'il sait à quoi s'en tenir sur mon compte; je lui ai fait ma confession, et s'il se forme en ce moment une opinion défavorable sur l'un de nous, ce doit être sur vous, monsieur mon frère, et il doit se dire qu'il faut que vous ayez bien mal rempli votre rôle de frère aîné, pour que j'ose vous parler comme je viens de le faire. »

La réflexion était mordante; elle était malheureusement juste. Henry, comme Mag, n'avait jamais cherché à être pour Wanda, sinon un guide éclairé et sage, du moins un bon camarade. Étourdis et légers ils se laissaient aller tous deux, au gré de l'insouciance et du caprice; ils n'empêchaient pas Wanda de marcher dans leur sillage, et de glaner derrière eux sa part de plaisir, mais ils n'avaient jamais pensé qu'il pussent lui devoir autre chose.

Sa riposte laissa Henry plus surpris que froissé; mais Mag, atteinte par le même reproche, s'y montra plus sensible. Depuis l'histoire du portrait, elle avait fait de graves réflexions au sujet de sa sœur, s'était adressée d'amers reproches sur l'insouciance qu'elle avait apportée à l'œuvre de l'éducation de Wanda, et avait pris des résolutions pour réparer le passé.

Malheureusement, Wanda était très imparfaite et Mag s'avisait de battre en brèche ses imperfections avec des armes dont elle n'avait jamais fait usage. Son système péchait par l'exagération; son zèle avait les fougues de l'inexpérience; devant les grandes réformes à accomplir elle ne songeait qu'à gronder, et, intervenant malencontreusement :

« Tu as raison, Wanda, dit-elle; Henry et moi nous avons été jusqu'ici beaucoup trop indulgents pour toi, mais nous allons changer, et j'espère que papa ratifiera la punition que je t'impose de ne plus paraître à notre table jusqu'au jour où nous pourrons espérer te voir t'y comporter convenablement. »

M. d'Hoffraye n'aimait pas les discussions; sa façon de les apaiser était invariablement de séparer les combattants, et comme c'était toujours Wanda qui faisait le plus de bruit, c'était toujours sur elle que tombaient les foudres paternelles; autant pour ramener le calme que pour ratifier la punition donnée par Mag, il intima l'ordre à Wanda de quitter immédiatement la table.

Wanda regarda sa sœur d'un air pétrifié : Mag courroucée! cela ne s'était encore jamais vu.

Trop fière cependant pour implorer sa grâce, elle quitta la table sans dire un mot.

On oublia tout de suite cet incident; Henry demanda à Mag et à Sylvain si cela pouvait leur faire plaisir d'assister à un concert pour lequel il avait des billets, ils acceptèrent de grand cœur. Comme l'heure pressait, Mag disparut pour s'habiller, Henry aussi; M. d'Hoffraye fut appelé par une visite.

« Vous trouverez des journaux dans le petit salon, » dit-il à Sylvain en s'excusant de le laisser seul.

Sylvain y trouva Wanda.

L'enfant était en larmes devant un portrait de Mme d'Hoffraye.

Ému de son attitude, de ce désespoir qu'il croyait dû au repentir, il s'approcha d'elle, et lui mettant la main sur l'épaule :

« Ne vous désolez pas ainsi, lui dit-il, je suis sûr que si vous demandez pardon à

Mag, elle lèvera la punition qu'elle vous a donnée. »

Son attouchement avait fait tressaillir Wanda, elle tourna vers lui son visage inondé de larmes ; mais il se méprenait sur la cause de ce désespoir ; quand il parla de soumission, elle se révolta :

« Demander pardon, s'écria-t-elle, et pardon de quoi, je vous prie ? Allez-vous aussi vous mêler de me morigéner ? Je vous ai cependant dit une fois que c'était peine perdue.

— Et je n'ai aucun droit pour le faire, dit Sylvain, soyez tranquille, je voulais seulement vous consoler.

— Me consoler, reprit-elle avec cet emportement qui contrastait avec sa douleur de tout à l'heure, me consoler.... mais vous ne savez même pas pourquoi je pleure. Ce n'est pas de remords, ce n'est pas non plus parce que je suis punie, que m'importe d'être punie, je pleure parce que.... »

Elle hésita à dire le fond de sa pensée, mais la contrainte lui était pénible, et puis il y avait en elle, elle l'avait dit, un besoin de franchise qui la portait à révéler ses sentiments les plus intimes et, pour le détromper, elle répondit très bas, très bas :

« Je *la* pleurais ! »

Elle désignait le portrait de sa mère ; toute sa colère maintenant est tombée, et les larmes qui de nouveau s'échappaient de ses yeux étaient des larmes sacrées. Sylvain la regardait surpris, et involontairement il fit un retour sur lui-même.

Quand, peu de jours auparavant, Danie lui avait laissé voir son chagrin de la mort de sa mère, il avait éprouvé un regret de n'avoir pas connu la sienne, mais Wanda non plus n'avait pas connu sa mère, les larmes qu'elle répandait n'étaient suscitées par aucun souvenir personnel ; c'était l'hommage de l'enfant à une mémoire inviolable, c'était aussi l'appel irrésistible d'une petite âme en détresse qui avait la prescience du grand amour dont elle n'avait pas subi les bienfaits. Pourquoi donc, lui,

n'avait-il pas pleuré ainsi ? n'avait-il pas les mêmes raisons ! Comment n'avait-il pas senti la privation de cet amour ?... Il s'interrogeait, troublé malgré lui et il cherchait dans son passé s'il n'avait pas eu son heure de détresse qu'il pût invoquer pour consoler Wanda. Mais il n'en trouva pas ; ses douleurs avaient toujours été atténuées.... Avait-il seulement ressenti la douleur ? Sa solitude d'orphelin avait été comblée.... Avait-il seulement connu cette solitude ? Il ne se rendit pas compte de ce qu'il devait à tante Catherine et à tante Édith, mais il reconnut qu'il n'avait pas souffert.

Le bruit de l'auto qu'on amenait devant la grille, la voix de Mag qui appelait : « Henry, Sylvain, je suis prête, venez-vous ? » le rappelèrent à la réalité. On entendait Henry siffler un air d'opéra.

Wanda ne pleurait plus.

Du fond de sa poche, d'une main frémissante, elle avait sorti le portrait de la petite maman dont elle s'était fait une compagne.

Danie lui avait donné une idée plus élevée de l'amour maternel et de l'amour filial. Elle lui avait montré l'enfant soumise cherchant l'égide d'un guide tutélaire, mais, dès les premiers pas vers cette sphère plus haute, Wanda s'était heurtée à des regrets, à des larmes, et ses dix ans en appelaient pour se consoler, à la mère enfant qui lui souriait sur le petit portrait jauni.

Dans le sourire espiègle de l'enfant d'autrefois, dans l'expression mutine et rieuse de son visage, elle puisa l'insouciance et retrouva la gaieté.

Mag entrait, radieuse image de jeunesse et d'éclat. Wanda courut à elle :

« Emmène-moi, s'écria-t-elle impétueuse et volontaire, moi aussi je veux m'amuser. »

Son visage était gonflé par les larmes.

« Tu as pleuré, lui dit Mag stupéfiée ; serais-tu malade ? »

Elle n'avait pas même l'idée que la petite cosaque pût être sensible à un reproche qu'elle se souvenait à peine d'avoir fait.

« Oui, dit Wanda en portant la main à son cœur, j'ai eu mal là, oh ! cela fait bien souffrir ; mais c'est fini. »

On l'emmena pour la guérir tout à fait, et Sylvain put s'étonner de son entrain. Se rappelant son désespoir devant le portrait de sa mère, il se demandait si c'était bien la même enfant qu'il voyait se réjouir aussi franchement ; il craignait pour elle le moment du retour, le choc qu'elle ne manquerait pas d'éprouver quand elle devrait subir la punition imposée, mais il n'y eut pas de choc, par la raison qu'il n'y eut pas de punition ; Wanda prit place à table comme si rien ne s'était passé, et on ne parla plus de la scène du matin.

VIII

Autour d'un rouet.

LES mois sombres battent leur plein, les mois tristes, qui égrènent dans la pluie froide et dans le brouillard les longues heures des jours les plus courts de l'année. Avec janvier viendra un froid plus vif, les arbres dépouillés se couvriront de givre, et les fontaines se cristalliseront, mais il y aura des heures où le soleil se mirera coquettement dans ce cristal, et donnera à ce givre des reflets d'argent ; malgré le froid alors on se prendra à penser à la renaissance prochaine de la nature, on se raccrochera aux rayons de ce soleil d'hiver, comme à une promesse de printemps.

Mais novembre, décembre, ce sont décidément les mois tristes, les mois qui portent le deuil de l'année qui s'achève.

Certains jours, c'est à peine si le gaz s'éteint dans Paris, et dans le jour terne de ces après-midi moroses, sa lumière semble pâlote, comme une lumière qui a conscience d'empiéter sur les droits d'autrui et de ne pas briller à son heure. C'est la saison triste, oui, c'est dit ; mais elle n'a raison ni d'un éclat de rire ni d'une chanson ; le bon Dieu n'a pas placé notre bonheur dans le soleil, qu'importe donc qu'il soit voilé !

C'est du moins ce qu'il en semble à Sylvain ; il est étonné de la rapidité avec laquelle les jours s'écoulent. Ses enchantements du début n'ont subi aucune désillusion ; le contraire eût été surprenant ; à dix-neuf ans, quelque sérieux que l'on puisse être, on n'est pas invulnérable à la contagion du plaisir, et les jours de sortie, c'est-à-dire deux fois par semaine, il se trouvait lancé par ses cousins dans un véritable tourbillon. Il avait voulu entraîner Martial à sa suite ; Mag eût été heureuse de le recevoir ainsi que Danie ; mais le frère et la sœur avaient prétexté leur vie sérieuse, et, bien que très sensibles aux avances qui leur avaient été faites, ils n'y avaient pas répondu. Sylvain avait trouvé, à l'École, des camarades moins récalcitrants que Martial ; il en avait présenté plusieurs chez son tuteur, et leur groupe forma une petite coterie très mondaine.

La grosse question qui agitait en cette fin de décembre le jeune entourage de Mag, était une soirée que M. d'Hoffraye devait donner pour rendre les politesses que recevaient ses enfants... une grande soirée, cette fois.

Mag n'oubliait pas qu'elle était maîtresse de maison, et ne devait négliger aucun détail pour assurer le succès de cette fête, aussi ne dédaignait-elle pas les lumières expérimentées que lui prêtaient volontiers les mères de ses amies ; mais ce qui la préoccupait le plus, c'était l'orchestration, les danses qu'elle voulait à l'avance combiner, le cotillon enfin ! le cotillon surtout ! et si, pour les questions pratiques, elle devait avoir recours à la compétence des gens sages, elle résolut d'en appeler à des fous pour organiser avec elle le programme joyeux de la soirée.

Et cette fête à venir fut un prétexte à réunions. Oh ! des réunions peu nombreuses ; c'était en petit comité qu'on devait statuer sur les questions frivoles que gravement on discutait. Chacun donnaît son avis, apportant son idée ; toute inauguration était acclamée, et votée à l'unanimité. Les jeunes filles travaillaient avec ardeur à la confection de ce fameux cotillon, auquel on ajoutait sans cesse une figure plus ou moins inédite.

Mag avait décidé qu'elle le danserait avec Sylvain ; mais comme le jeune homme était encore assez novice, on convint dées d'or, qui avaient au moins le mérite de l'éclat, puis elles exhibèrent ce qu'elles appelaient *leur triomphe* : des quenouilles minuscules appelées à jouer un rôle dans une figure imaginée par Mag.

Un rouet y devait tenir la place principale ; sa roue deviendrait celle de la fortune ; chaque danseur serait appelé à la faire tourner ; et, par un système automa-

Les jeunes filles exhibèrent *leur triomphe.*

d'organiser ce que Wanda appela une *répétition générale.* Un mercredi donc, justement un de ces mercredis pluvieux et sombres à donner le spleen, Sylvain arriva plus joyeux que de coutume, escorté de deux ou trois camarades, qui seraient comme toujours bien reçus par Mag.

Bien reçus, il le furent en effet ; ils furent même accueillis par des cris de joie, quand ils firent irruption dans le salon que, pour le besoin de la cause, on avait transformé en bazar d'Orient : les tables étaient couvertes de gazes et de rubans, de grelots et de papier doré ; les jeunes filles commencèrent par faire admirer leurs dernières conceptions, des écharpes bro-

tique, il recevrait de la fortune le nom de la jeune fille à qui il devrait offrir une quenouille.

Mais cette figure aurait un secret malicieux ; dans l'urne on glisserait à l'avance un bulletin blanc, et le danseur auquel il échouerait en partage devrait garder la quenouille. Oh ! cette déconvenue n'aurait rien d'offensant, chacun sait que la fortune est aveugle.

« Je vois bien les quenouilles, mais je ne vois pas le rouet, dit Sylvain qui applaudissait à l'idée de Mag.

— Ah ! s'écria la jeune fille, ne ravivez pas mes regrets, il m'a été impossible de me le procurer encore, et je le déplore d'autant plus que nous ne pourrons faire que le simulacre de cette figure.

— C'est fâcheux, dirent plusieurs voix.

— Mais c'est très remédiable, s'écria Wanda; Danie a un rouet, il faut le lui demander! »

Mag accueillit cette idée comme une inspiration.

« C'est vrai, dit-elle, comment n'y ai-je pas songé. Sylvain, mon petit Sylvain, allez vite chez vos amis, et rapportez-nous le rouet, courez surtout: dans un quart d'heure vous pouvez être de retour. »

Sylvain n'opposa à ce désir aucune objection; c'était d'ailleurs si simple de se rendre à quelques minutes de là, demander un rouet indispensable pour une figure de cotillon.

Il fit le trajet en courant pour obéir à Mag qui lui avait dit de se presser et aussi parce qu'il avait hâte d'être revenu.

Il y avait quelque peu de cette hâte fébrile quand, arrivé chez les Maurer, il agita bruyamment la sonnette; un aboiement lui répondit; mais dans le tapage produit par les vibrations de la sonnette et par les aboiements de Tom, il eut parfaitement conscience qu'un silence s'était fait, le silence dû à la suspension d'une très petite chose. Les très petites choses tiennent souvent une grande place dans le monde.

Martial ouvrit la porte, et, reconnaissant Sylvain:

« Quelle bonne surprise, s'écria-t-il; entre; mon père est sorti, mais Danie sera enchantée de te voir. »

Sylvain allait dire qu'il était très pressé, qu'il avait à peine le temps d'entrer; dans sa précipitation à exécuter le caprice de Mag, il n'avait jusque-là pensé qu'au but de sa course, sans prévoir ni un obstacle ni un retard; à peine s'était-il dit, en pensant à Danie, qu'elle était trop complaisante pour refuser de prêter son rouet.

La joie de Martial en le voyant, son empressement à lui ôter sa capote calmèrent son excitation; il comprit qu'il devrait une excuse pour la demande qu'il venait faire, et qui lui paraissait maintenant un peu téméraire, s'adressant à une jeune fille qu'en somme Mag connaissait fort peu. Il se sentait donc un peu embarrassé, et cet embarras allait se transformer en timidité, quand, en pénétrant dans l'atelier où l'introduisit Martial, il vit le spectacle le mieux fait pour entraver, semblait-il, la réussite de sa démarche.

Assise sur une chaise basse, qui favorisait son travail, Danie filait.

Le coup de sonnette de Sylvain avait, il est vrai, immobilisé son rouet; c'était là le silence que le jeune homme avait perçu; mais elle tenait encore sa quenouille garnie de lin, et il demeura indécis, presque gauche, n'osant plus exposer sa requête; car, pour emporter ce rouet, il faudrait demander à cette enfant sérieuse de rompre le fil qu'elle venait de filer. Il ne s'en trouvait pas le droit!

« Me permettez-vous de continuer? lui demanda Danie, tandis que Martial lui avançait un siège.

— Je m'en voudrais de vous interrompre, » balbutia-t-il.

Il s'assit; mais il se demandait quel prétexte il pourrait alléguer pour abréger sa visite.

« Ma sœur a tous les talents, dit Martial, et dans ses moments de liberté, elle fait marcher le vieux rouet: entre ses mains rien ne se rouille, tu sais le principe de mon père, relier le présent au passé.

— Pour préparer l'avenir, » dit vivement Danie, avec un sourire dans lequel entrait toute sa jeunesse, et ce sourire elle l'adressait au petit fil fragile et fin qu'on tisserait plus tard, et que la roue du rouet venait de mettre en bobine.

Comment parler? comment dire à Danie que Mag rêvait de transformer son rouet en un jeu de hasard? il n'était pas à la conversation, il répondait tout de travers aux questions qui lui étaient adressées; Martial riait de ses distractions, et lui en fit la remarque.

« Est-ce le rouet qui te déroute, » lui demanda-t-il.

— Eh! oui, tu l'as dit, répondit franchement Sylvain et ma visite avait un but intéressé; ma cousine Mag avait besoin d'un rouet pour une figure de cotillon, et j'avais trouvé naturel de venir demander à ta sœur de lui prêter le sien, car je ne me doutais pas qu'en ces temps frivoles les femmes sussent encore manier la quenouille. Vous me l'avez appris, mademoiselle, continua-t-il en s'adressant à Danie, aussi soyez certaine que je ne songe plus à vous demander votre instrument de travail.

— Et pourquoi donc? s'écria Danie avec une spontanéité qui prouvait qu'elle était heureuse de faire plaisir; j'en usais aujourd'hui en manière de passe-temps, il faut le porter à votre cousine. »

Elle avait rompu le fil, et lui mettait le rouet dans les bras. Il remercia à la hâte, parce qu'elle le pressait de partir; le poids du rouet ralentit à peine sa marche, et il fut acclamé quand il parut dans le salon. Jeunes gens et jeunes filles s'emparèrent du rouet qu'il s'agissait de parer de rubans et de fleurs. Sylvain les aidait, mais maladroitement, il restait troublé de la petite scène qui s'était passée chez Danie, et ses doigts ayant rencontré le bout du fil que, pour un caprice de Mag, Danie avait rompu, il tressaillit à la pensée de la quenouille qui là-bas demeurait inactive, et il souffrit comme si, dans son avenir, quelque chose s'était brisé.

La soirée fut fixée au 31 décembre. Quand Sylvain l'apprit, il eut un sursaut :

« Le 31, s'écria-t-il, mais je serai en vacances!

— C'est bien ce à quoi j'ai pensé, dit Mag; à un autre moment vous n'auriez pu venir, et je tenais beaucoup à vous avoir. »

C'était gentil ce qu'elle disait là; il aurait dû s'en montrer touché, mais cette date du 31 le contrariait.

« Vous ne pourriez pas changer? demanda-t-il.

— Impossible! j'ai eu pas mal de peine à combiner les jours; plusieurs de nos amis réunissant aussi de leur côté. Les invitations sont imprimées, il ne s'agit plus que de les lancer. »

Ils étaient réunis dans le salon après le déjeuner. M. d'Hoffraye et Henry consultaient la liste de leurs relations; Wanda, sans se soucier de l'interdit qui expulsait du salon sa famille de chats, avait installé deux des petits Grelotins confortablement sur des coussins.

« Quel obstacle voyez-vous à cette date, mon enfant? demanda M. d'Hoffraye, à qui ne pouvait écnapper l'émoi très évident de Sylvain.

— Aucun en ce qui vous concerne, répondit le jeune homme, mais je déplore de ne pouvoir assister à la fête.

— Ne pas y assister! dit Mag; mais puisque j'ai choisi ce jour pour vous... et pour une autre raison aussi, continua-t-elle. J'ai pensé qu'il serait amusant de commencer l'année en échangeant des souhaits très sincères, et très joyeux. Ce sera la première fois, Sylvain, que nous passerons le premier de l'an ensemble; vos souhaits nous manqueraient. D'ailleurs, où iriez-vous?

— Il avait toujours été convenu que j'irais passer mes vacances à Rouen, » répondit-il.

M. d'Hoffraye, qui était l'homme méthodique par excellence, fut un peu vexé de n'avoir pas prévu cette objection; il s'empressa de répondre :

« Mais vos tantes seront les premières à vous engager à rester avec nous quand elles connaîtront les excellentes raisons de Mag; elles vous ont toujours eu près d'elles, elles vous reconquerront quand nous serons partis, il est juste que cette année nous jouissions de votre présence. »

De cette phrase, Sylvain ne retint que ces mots : « Quand nous serons partis! » Il s'anéantirait donc ce beau rêve de gaieté dont il vivait depuis des semaines! Il faudrait donc se séparer de cette famille charmante! Alors pourquoi ne pas en effet répondre à son aimable insistance? ses tantes seraient toujours là, il les rejoindrait plus tard!

Il ne songeait pas à évoquer une heure dont il était cependant aujourd'hui en mesure de sonder l'effroyable tristesse. Il ne revoyait pas, par la pensée, le petit être qui, dix-neuf ans auparavant, tendait les bras vers une protection. A cette époque-là, M. d'Hoffraye aurait pu prendre l'enfant, mais c'était une charge, un embarras dans sa vie errante; et tante Catherine et tante Édith s'étaient trouvées à point pour le recueillir. Était-il juste maintenant de les en priver, en alléguant précisément les années qu'il avait passées près d'elles, et dont chacune eût dû le lier plus étroitement à leur foyer? M. d'Hoffraye ne se posait pas la question, Mag non plus à plus forte raison, et Henry s'écria :

« Mon cher, il n'y a pas d'hésitation possible, nous vous tenons, nous vous gardons! »

Quand donc Wanda se décidera-t-elle à devenir une enfant bien élevée qui n'apporte son mot à la conversation que lorsqu'on l'y convie? Quand donc, à défaut d'autre chose, saura-t-elle employer des termes convenables, choisis, dont sa famille n'ait pas à rougir? quand donc, mais quand donc la petite cosaque perdra-t-elle l'habitude de vous lancer à bout portant de ces remarques dont on n'a que faire?

La discussion allait être close; il était tacitement convenu que M. d'Hoffraye écrirait aux demoiselles Giraut pour leur demander de garder Sylvain; Sylvain trouvait cette démarche toute naturelle, et ce fut cette mauvaise pièce de Wanda dont la pensée alla vagabonder à Rouen, dans un vieux logis qu'elle ne connaissait pas, et où son imagination lui montra deux femmes tristes et seules! Si encore elle avait gardé pour elle les réflexions que provoqua dans sa petite cervelle la vision qu'elle avait évoquée; mais non! et en réponse à ses propres pensées, assez haut pour qu'on pût l'entendre, elle murmura :

« Pauvres vieilles! »

L'allusion était trop claire pour passer inaperçue, Sylvain eut un vague remords, et Mag, froissée dans son tact de femme distinguée, de ce sans-façon de parler, se tourna vivement vers Wanda, qui n'avait plus d'autre souci que de dissimuler l'état lamentable dans lequel la petite Grelota venait de mettre la frange d'un coussin; mais tout reproche, toute parole sévère étaient venus mourir sur les lèvres de Mag, car avant tout, Mag était bonne, adorablement bonne; l'exclamation de Wanda avait pu la surprendre, avait pu la choquer; mais une minute de réflexion avait suffi pour lui en faire comprendre la justesse, et elle éprouva soudain une immense compassion pour les deux délaissées. L'idée ne lui vint pas de leur envoyer Sylvain, mais ne pouvait-on les inviter à venir le voir? Elle exposa tout haut son projet, qui fut adopté aussitôt, et qui apaisa le remords de Sylvain, et Wanda, à qui était due cette victoire, se tint pour satisfaite que l'attention de Mag eût été distraite à temps pour éviter à la famille Grelotin une honteuse expulsion.

IX

Bonne année.

Dans toute maison qui se respecte, la réception d'un être aimé ne va pas sans un préalable remue-ménage. On déplace les meubles, on change les rideaux, on frotte par-ci, on frotte par-là, balais, brosses, plumeaux, échelles, tout est en branle pour rechercher dans les moindres coins une poussière qui s'y croyait en sûreté. Mais est-ce bien vraiment à la poussière qu'on en veut, et dans ce branle-bas qui lui déclare la guerre, ne cherche-t-on pas surtout une manière de s'occuper à l'avance du voyageur attendu? les préparatifs de l'accueil ne donnent-ils pas un avant-goût des joies de l'arrivée?

Combien de fois, pendant ces derniers jours de décembre, les demoiselles Giraut ne sont-elles pas entrées dans la chambre encore vide de Sylvain pour voir si rien n'y manquait. Elles ont remonté la pendule, vérifié si la lampe marchait à souhait; l'encrier a été garni, et le porte-plume pourvu d'une plume neuve.

Tout est-il prêt?

Eh! non, ce n'est jamais prêt; toujours elles cherchent une amélioration, un embellissement.

Elles attendent la lettre qui les fixera sur la date et sur la durée des vacances; elles guettent le facteur, et son passage les met dans une agitation qu'elles traitent elles-mêmes d'exagérée. Elles en perdront la tête avec leur Sylvain! comme elles l'aiment ce grand garçon!

Enfin le facteur sonne à leur porte. Ce fut tante Édith qui lui ouvrit; à l'heure de son passage, elle se trouvait justement dans le corridor... par hasard. Il y a d'heureux hasards.

Elle monte bien vite trouver sa sœur, et tout en montant l'escalier elle crie : « Catherine, Catherine, c'est la lettre! » si bien que l'émotion, sa montée rapide, lui causent de l'essoufflement, et elle arrive pour tomber assise près de tante Catherine qui lui reproche doucement d'oublier qu'elle n'est plus jeune.

Mais tante Catherine est agitée aussi, si agitée qu'elle ne trouve pas ses lunettes, qui ne doivent pas être loin puisqu'elle les avait il n'y a qu'un instant.

Tante Édith, qui y voit très bien sans lunettes, a le temps de jeter un regard sur l'enveloppe, et elle pousse un cri :

« Ce n'est pas de lui! et c'est cependant de Paris; je crois reconnaître l'écriture de son tuteur! »

Tante Catherine, qui avait retrouvé ses lunettes, constata aussi que c'était l'écri-

Tante Édith ouvrit au facteur.

ture du tuteur; alors elles se regardèrent, angoissées, n'entrevoyant qu'une perspective : Sylvain était malade, mourant peut-être, et on les appelait! »

Tout en déchirant l'enveloppe, elles se communiquent leurs craintes et leurs pensées.

« Édith, dit tante Catherine, nous prendrons le train aujourd'hui même.

— Nous le prendrons, Catherine, nous serons ce soir près de lui. »

La lettre est ouverte maintenant; elles la lisent et la reposent sur leurs genoux avec un soupir d'actions de grâces.

« Dieu soit loué! il n'est pas malade! »

Quelle peur elles ont eue! elle se sentent allégées d'un poids immense. Ce n'est qu'au bout d'une minute qu'elles vont sentir l'aiguillon de la grosse déception que leur apporte cette lettre : Sylvain ne viendra pas.

M. d'Hoffraye, d'ailleurs, avec toute la courtoisie voulue, demandait aux vieilles tantes de laisser leur neveu passer ses vacances à Paris, il parlait des soirées projetées, disait combien il serait regrettable d'en priver Sylvain, et terminait en les invitant à venir ajouter par leur présence à la joie que le jeune homme se promettait de toutes ces fêtes.

Elles s'attendaient si peu à la teneur de cette lettre qu'elles en demeurent atterrées.

Ainsi elles ne verront pas Sylvain pendant ces vacances! car, dans leurs cœurs, généreux jusqu'à l'indulgence, l'idée ne peut germer de le soustraire aux distractions qu'on lui ménage, et pas davantage elles ne songent à répondre à l'invitation qu'on leur fait.

Qu'iraient-elles faire à Paris?

Ce n'est pas le déplacement qui leur coûte; elles ne sont pas tellement ancrées dans leurs habitudes qu'elles s'effraient à la seule pensée d'un voyage, la preuve en est qu'il n'y a qu'un moment, quand elles l'ont cru malade, leur Sylvain, elles ont entrevu un départ possible pour le jour même; mais il est heureux, il s'amuse, il n'a pas besoin d'elles.

Elles répondent par un refus, et accordent à Sylvain la permission demandée. Ce sera la première fois qu'elles commenceront l'année sans l'embrasser, elles se font la réflexion que leur premier janvier ne sera pas très gai; mais qu'importe, il s'amusera!

Leur décision a été acceptée à Paris comme un arrêt sur lequel il était inutile de revenir. On admit qu'à leur âge, elles reculassent devant un voyage même très court, ce qu'on admit davantage, c'est qu'elles n'enlevassent pas Sylvain aux plaisirs qui l'attendaient, et le jeune homme, qui éprouvait un vrai regret de ne pas les voir, n'eut pas un instant l'idée de s'affranchir du servage sous lequel le tenait sa jolie cousine.

Elle sonna, cette heure de minuit qui annonçait l'aube d'une nouvelle année. Elle sonna au timbre vieilli de la pendule des demoiselles Giraut; elle sonnait lentement, comme si elle eût eu regret de marquer la fin d'une année dont on était maintenant certain d'avoir tenu tous les jours, qu'ils fussent faits de joie ou d'amertume, de déconvenue ou de bonheur.

« Je te souhaite une bonne année, Édith.

— Et moi aussi, Catherine!

— Que le bon Dieu accorde à Sylvain une bonne santé, qu'il le garde à l'abri des épreuves!

— Qu'il soit heureux, le cher enfant, qu'il réussisse dans ses études! »

Tante Catherine et tante Édith se souhaitent la bonne année, et c'est vers Sylvain que vont tous leurs vœux tant elles sentent bien l'une et l'autre que leur bonheur dépend du sien.

Minuit!

Ah! elle est bien vivace, argentine et sonore à la fois, la pendule qui jette ses douze coups dans la salle de bal des d'Hoffraye! comme elle est pressée cette pendule d'en finir avec le 365e jour de l'année qui s'achève, comme elle a hâte de saluer l'aube de l'année naissante.

Et les souhaits s'échangent, le mot *bonheur* est sur toutes les lèvres; il renferme tant de choses, ce petit mot-là, qu'on ne songe même pas à formuler pour chacun un souhait spécial : à tous le *bonheur*.

Et comme ce n'est pas le moment d'approfondir, comme au contraire on est là pour oublier les soucis à craindre, les tristesses à redouter, on se laisse éblouir par le mirage. La soirée est des plus brillantes; Mag rayonne, et son père jouit ouvertement de son succès. Wanda ne manque pas une danse.

« Comme on s'amuse ! » dit-elle à Sylvain chaque fois qu'elle se trouve près de lui.

Sylvain aurait mauvaise grâce de ne pas lui répondre affirmativement, il s'amuse d'ailleurs très franchement ; lui aussi a eu sa part de souhaits de bonheur ; et cependant il n'est pas tout à fait heureux ; il en veut un peu à ses tantes de ne pas être là. Quand on n'est pas content de soi, on en rejette facilement la faute sur ceux justement envers qui on a des torts.

Tante Catherine et tante Édith lui ont cependant écrit des lettres très tendres, dans lesquelles elles n'ont pas laissé percer leurs regrets de ne pas le voir ; de son côté il leur a envoyé ses souhaits affectueux et sincères ; mais il y a des dates où l'on sent plus vivement le besoin d'être près de ceux qu'on aime.

Il n'a d'ailleurs pas le temps de se perdre en regrets ; il est presque l'enfant de la maison et doit aider son oncle et ses cousins à en faire les honneurs. Il s'en acquitte si bien que Mag l'en félicite. Ainsi qu'ils l'avaient décidé ils dansèrent ensemble le cotillon, et il n'eût pu choisir une danseuse plus séduisante. Au milieu de tant de jeunes filles, dont toutes étaient élégantes, dont beaucoup étaient jolies, elle se faisait remarquer par son charme indiscutable. Nombre de fois sa tête blonde dut s'incliner pour recevoir les étincelants bibelots que les danseurs de cotillon lui apportaient comme un tribut d'hommages.

La figure du rouet eut un succès fou. Il était tout à fait joli le rouet de Danie ainsi paré ; M. Maurer avait eu la complaisance de lui adapter le système rêvé par Mag, grâce auquel les danseurs recevaient les petits cartons bleus ou roses qui tous, sauf un, portaient le nom d'une jeune fille.

L'exception tomba sur Sylvain ; ce fut lui qui, de par la volonté du sort, reçut le bulletin qui l'obligeait à garder pour lui une quenouille.

« Vous l'offrirez à Danie, lui dit Mag en riant, ce sera un souvenir de cette fête où elle n'a pas voulu assister ; nous irons ensemble la lui porter en lui rendant son rouet. »

Chez les Maurer, le vide encore récent laissé par la mort de la mère de famille donnait à ce premier jour de l'année une gravité particulière ; mais si dans les vœux qu'échangèrent entre eux le père et les enfants, le mot *bonheur* ne fut pas prononcé, il s'y glissait cependant une grande dose d'espoir, de courage aussi, et ils n'avaient cru mieux faire, pour bien commencer l'année, que d'en employer le premier jour à leur tâche coutumière.

M. Maurer avait terminé les panneaux sculptés qu'on lui avait commandés, et il reprenait une besogne moins attrayante, mais très lucrative, pour le compte d'un ébéniste qui ne le laissait jamais manquer d'ouvrage Martial profitait de ses vacances pour piocher ses mathématiques, Danie remplissait son rôle bienfaisant, s'ingéniant à leur rendre la maison plus agréable encore que de coutume.

Peut-être ne s'apercevaient-ils pas qu'elle avait mis des fleurs partout, et que jamais l'âtre n'avait vu crépiter de plus superbes bûches ; mais dans cet ordre parfait, dans ce silence que discrètement elle entretenait autour d'eux, ils sentaient sa présence, ils en jouissaient, peut-être sans s'en rendre compte, mais si sûrement que leur bel édifice de force se fût ébranlé si la jeune fille ne l'eût pour ainsi dire étayé.

Mais quand, la journée s'avançant, Danie ayant achevé, parachevé même les menus détails du ménage, vint s'asseoir dans l'atelier près de son père et de son frère, au lieu de suivre leur exemple et de prendre son crayon pour esquisser une des conceptions qui ne lui faisaient jamais défaut, elle demeura inactive, rêveuse même, elle qui rêvait si peu. Elle semblait attendre… quoi donc ?

Quand elle était enfant, elle regardait le 1ᵉʳ janvier comme un jour spécial ; une sorte de boîte à surprise d'où l'on peut

WANDA RIAIT DE L'EFFROI DE L'ACCORDEUR.

s'attendre à voir sortir les choses les plus merveilleuses ; à vrai dire son espoir était toujours déçu ; mais c'était peut-être une réminiscence de cette impression d'enfant qui aujourd'hui la rendait sérieuse. A quoi songeait-elle ?

Il fait froid dehors, il neige, et ce voile blanc qui entoure leur demeure semble la garder comme à part des autres demeures. Que prend-il donc à Danie de vouloir transpercer ce voile pour regarder au delà, bien loin ? Il n'y a pas au monde que la maison de Danie ; la vie se meut à l'entour, et la jeune fille — car elle est sérieuse — se prend à penser à toutes les douleurs inconsolées, à toutes les misères inconnues ; mais Danie est jeune, elle pense aussi qu'il y a des heureux, et elle voudrait les connaître, non pas pour échanger avec eux sa vie de devoirs, mais pour savoir ce qu'ils éprouvent ; elle a comme besoin — et c'est la première fois — d'un peu de mouvement, d'une vie plus intense.

C'est vague, très vague, c'est imprécis.

Il était si en dehors de ses habitudes de rester inactive, qu'elle finit par s'en étonner elle-même, et, secouant la sorte de torpeur qui l'envahissait, elle se leva pour essayer de se mettre au travail ; mais encore avec le besoin de s'occuper à quelque chose de machinal, qui ne la sortirait pas complètement de ses pensées, elle se dirigea vers la place où d'ordinaire était son rouet.

La place était vide ; le rouet était chez Mag ; elle sourit de l'aberration qu'elle venait d'avoir, et, résolue à revenir pour tout de bon à la réalité, elle allait prendre son crayon quand la sonnette carillonna gaiement :

« Qui donc, par un temps pareil, peut s'aventurer dans notre quartier ? dit M. Maurer surpris.

— Ce ne peut être que Sylvain, » dit Martial en allant ouvrir.

C'était Sylvain ; mais il n'était pas seul. Wanda entra la première, bondissant comme d'habitude, et élevant en l'air un bouquet qu'elle offrit à Danie en lui criant *bonne année*. Mag venait ensuite ; elle portait le rouet de Danie, mais un rouet tout enrubanné, tout fleuri ; elle avait voulu le rendre tel qu'il avait figuré au cotillon. Elle aussi disait *bonne année*.

Leur entrée à tous, ces souhaits joyeux animèrent l'atelier et l'emplirent d'une telle gaieté que Danie crut aux surprises que réserve le jour de l'an ; elle reçut en souriant le bouquet de Wanda et le rouet fleuri que lui rapportait Mag.

« A votre tour d'offrir vos étrennes », Sylvain, dit Mag en se tournant vers son cousin.

Elle expliqua à Danie qu'il avait été convenu qu'il lui offrirait la quenouille qui la veille avait été son partage.

Mais Sylvain n'avait pas apporté cette quenouille dérisoire à la jeune fille qui, de son rouet, ne faisait pas un jeu.

Il n'osait en donner la raison devant Mag, et il demeurait tout embarrassé, car Danie tendait déjà la main pour recevoir la bizarre étrenne qu'on lui annonçait.

Par bonheur, Wanda détourna leur attention :

« Je vous en prie, Danie, dit-elle, mettez-vous à votre rouet. Je n'ai jamais vu filer.

— C'est cela, dit gaiement Mag, vous me donnerez une leçon. »

Sylvain ne jugea pas utile de joindre ses instances à celles de ses cousines, mais il avisa dans un coin de l'atelier la quenouille de Danie, il alla la prendre, et la lui mit entre les mains.

X

Une fameuse surprise.

D
EVANT son rouet, comme ce jour où Sylvain l'avait surprise, Danie filait. Éparses autour d'elle étaient les fleurs qui tout à l'heure ornaient le rouet, et sous ses doigts le fil s'allongeait.

La tâche semblait facile, Mag voulut s'y

essayer. Mais le fil cassa. Elle essaya de nouveau, et toujours il se cassait, ce malheureux fil si fragile.

Danie le renouait, et, professeur patient, elle guidait la main de Mag. Ce fut l'élève qui se lassa.

« J'aurais cru, dit-elle naïvement, que ce travail était plus facile et plus amusant; ne vous semble-t-il jamais monotone? »

Mag se pencha sur elle et l'embrassa.

« Danie, lui dit-elle, je ne vous comprends pas très bien; mais je vous aime. »

Par son éducation, Sylvain était plus à même que Mag de comprendre Danie.

En la regardant, il avait la sensation de quelque chose de grave et de doux en même temps; il songeait aux foyers qui demeurent, aux principes immuables, l'om-

La ville était des plus animées.

Tout à l'heure, dans son isolement, Danie avait un moment rêvé d'une vie où il entrerait un peu d'agitation, de mouvement... elle avait essayé de soulever le voile qui lui cachait l'avenir; mais en possession de son rouet, elle reprenait possession d'elle-même; ce monotone ronron était la chanson qui lui redisait les petits bonheurs de sa vie, comme le grillon qui chante au foyer vous en redit la chanson captivante et charmeuse, et ce fut avec conviction qu'à la question de Mag elle put répondre :

« Oh! non, il me garde au contraire contre les heures de mélancolie; il y a tant de force cachée dans la tâche qu'on reprend. »

bre de tante Catherine et celle de tante Édith passèrent devant son esprit. Ce fut l'affaire d'une seconde.

Mag s'était levée :

« Je regrette de vous quitter, dit-elle à Danie, mais j'ai bien des visites à faire, et nous dînons en ville. Ah! mon pauvre Sylvain, continua-t-elle en se tournant vers le jeune homme, en acceptant ce dîner, je n'avais pas songé à vous. Vous allez rester seul!

— Il a déjà pris place à notre table, dit M. Maurer, et bien que nous ayons coutume de passer le 1er janvier dans la plus stricte intimité, il nous fera plaisir en restant partager notre dîner.

— Il est plus simple, reprit Mag, que nous l'emmenions avec nous; le dîner auquel nous sommes invités est un dîner de famille, la maîtresse de maison est on ne peut plus affable, nous lui demanderons de faire mettre le couvert de Sylvain. »

Cette petite scène causait à Sylvain une indéfinissable tristesse; elle lui faisait sentir qu'en ce jour de réunion, il était de trop dans ces deux familles dont l'une, par pitié, offrait d'élargir son cercle pour le recevoir, dont l'autre s'engageait un peu à la légère à l'introduire dans une maison où il n'était pas attendu.

Un moment il se sentit seul, comme déraciné, puis tout de suite la pensée lui vint qu'il avait son couvert toujours mis à une table familiale, qu'il y avait un logis où il était toujours attendu, et avec une nuance d'orgueil que lui mettait sur le front la satisfaction d'avoir lui aussi son foyer :

« Ne vous dérangez ni les uns ni les autres, dit-il; j'ai le temps de prendre un train pour Rouen, j'irai dîner avec mes tantes.

— Ça, c'est trouvé ! Ce qu'elles vont être contentes ! » s'écria Wanda dans son langage plus expressif qu'académique.

Sylvain ne s'était pas habitué à cette façon qu'avait la fillette de donner intempestivement son avis sur des sujets qui ne la regardaient pas. Cette approbation qu'il n'avait pas cherchée le vexa.

C'est que Wanda, oh ! sans malice aucune, lui montrait la question sous un jour qu'il n'avait pas envisagé. En se décidant à faire ce voyage, il avait agi sous une impulsion très personnelle. C'est à peine s'il avait songé à la joie qu'il allait causer. Et c'était le cœur ardent de Wanda qui avait eu la divination de ce qu'allaient ressentir les deux vieilles filles !

Il en demeura désarçonné.

C'était du temps perdu; et pour mettre son projet à exécution, les minutes étaient comptées. Danie n'osait le lui faire observer, Mag n'y pensait pas; aucune d'elles cependant n'eût voulu maintenant le retenir; mais il fallait plus, il fallait le renvoyer.

Martial s'en chargea, et il n'y alla pas par quatre chemins; aux grandes causes, les grands expédients. Il prit son camarade par les deux épaules, et le mit carrément à la porte, en lui recommandant de ne pas manquer le train.

Ce fut sa façon d'approuver le départ de Sylvain. Entre camarades, on peut se permettre de ces procédés.

Eh bien! sans cette poussée vigoureuse, il est plus que probable que les demoiselles Giraut n'eussent pas ce soir-là embrassé leur neveu, car il s'en fallut de peu qu'il manquât son train. Quand il arriva à la gare, on fermait les portières; il n'eut que le temps de sauter à la hâte dans la première voiture venue.

Il faisait nuit quand il arriva à Rouen; mais, en dépit du froid, la ville était des plus animées; en se rendant chez ses tantes, il croisa des familles joyeuses; chacun était chargé de paquets; il semblait que tous les jouets des magasins eussent trouvé des petits propriétaires, que tous les bonbons des confiseurs eussent trouvé des amateurs; même les pauvres que l'on rencontrait avaient l'air moins malheureux que de coutume; les riches leur avaient jeté, en petits sous, les miettes de leur bonheur; tout est relatif, et ceux qui savent se contenter des petits sous ont leur part de joie plus grande que ceux qui, au sein des richesses, trouvent encore moyen de n'être pas satisfaits.

Les demoiselles Giraut étaient de celles qui, d'une aisance médiocre, savent faire éclore des richesses.

Oh ! vous qui naissez à une époque où volontiers on se dit sceptique, ne croyez pas qu'elle soit à jamais close l'histoire merveilleuse des fées ! Le merveilleux, ce n'est pas de changer des coquilles de noix en carrosses, ou de devenir princesse après avoir chaussé les pantoufles d'une Cendrillon; les vraies fées sont immortelles, comme la bonté; sans baguette, sans magie, sans prestige apparent, elles font leur œuvre tranquillement, personne ne les entend marcher, on les voit à peine, et cependant elles sont légions, les bonnes fées.

Les demoiselles Giraut étaient du nombre. En ce jour de l'an, c'est inouï ce que, dans leur petite sphère, elles faisaient d'heureux ! Du matin au soir on carillonnait à leur porte, c'était leur clientèle pauvre qui leur apportait ses vœux et venait chercher ses étrennes. Elles avaient à l'avance accumulé sur une table : oranges, cornets de bonbons, lainages, jouets.... A point nommé elles savaient qui viendrait, et elles n'avaient pas de défection, personne ne manquait à l'appel.

Comme chacun racontait ses petites affaires, et que leur attention à écouter ces interminables récits était une des parts de leur charité, chaque visite durait longtemps ; mais cette année, ce fut pour elles un vrai bienfait, car le temps, ainsi employé, passa sans qu'elles s'en aperçussent, et cette journée, dont elles s'étaient à l'avance un peu effrayées, s'écoula plus vite qu'elles n'eussent pu le croire.

Maintenant elles ont tout donné ; la table est dégarnie ; un pauvre imprévu, un vieillard que leur renommée de charité a attiré, est même venu par surcroît ; n'ayant plus de friandises elles lui ont donné les fruits de leur dessert, et voilà qu'un coup de sonnette, inattendu encore celui-là, vient les faire tressaillir ; leurs pensées suivent la même pente, elles se regardent consternées car elles n'en doutent pas, c'est un client qui leur arrive, un enfant peut-être, et il ne leur reste rien à donner, pas une orange, pas un lainage, pas un bonbon, oh ! les pauvres, les pauvres demoiselles Giraut !

Mais quel est donc dans l'escalier ce pas vif, juvénile ? Pourquoi la servante n'a-t-elle pas, selon l'ordre qu'on lui a donné, fait entrer le nouveau venu dans la salle du rez-de-chaussée où l'on a reçu ses devanciers ? ou, s'il s'agit d'un visiteur de marque, pourquoi ne l'a-t-elle pas fait entrer au salon.

Mais c'est vers leur chambre qu'on se dirige sans hésitation, et le visiteur ne frappe pas ; il s'annonce en criant : « C'est moi, puis-je entrer ? » Elles ont reconnu la voix, elles crient : « C'est Sylvain ! »

Oh ! comment ont-elles pu tout à l'heure se trouver pauvres et croire qu'elles n'avaient rien à donner. De leur cœur, aussi riche en tendresse qu'en bonté, des flots d'affection tombent sur cet enfant qui pour recevoir leurs baisers a dû s'agenouiller près d'elles, entre leurs fauteuils, et, tremblantes de surprise, riant et pleurant à la fois ; elles comprennent seulement à cette heure combien il leur manquait.

Et lui, dans ce premier instant, tout à la joie qu'il leur cause, il se sent heureux de se retrouver dans ce vieux logis où il est vraiment, où il est réellement chez lui.

Mais il allait promptement redevenir le Sylvain que des influences nouvelles avaient trop facilement façonné. Ce furent ses tantes qui, bien innocemment, l'y amenèrent.

Aux tendres épanchements qui ne pouvaient s'éterniser, succéda une phase d'admiration. Elles ne l'avaient pas encore vu en uniforme. Il dut, à leurs yeux émerveillés, se tourner et se retourner cent fois, sortir son épée du fourreau, aller et venir dans la chambre, et c'étaient des extases sur sa tournure martiale, sur son air si gentil et si crâne, sur son maintien devenu plus viril. Il riait, de ce sourire tout neuf qu'elles ne lui connaissaient pas, et où il entrait un secret contentement de sa personne, et la fatuité qui frise de si près l'orgueil.

Son congé était très court ; on le passa à faire des visites. Il fut accueilli partout avec enthousiasme ; ses tantes étaient fières de lui, et il sentait grandir sa vanité ; cependant il n'était pas entièrement satisfait, il regrettait Paris, il se sentait dépaysé ; le milieu raffiné des d'Hoffraye lui manquait, il était frappé de la simplicité de ses tantes, et, au lieu d'en être ému, il en était un peu choqué. Le temps lui sembla long ; il songeait avec plaisir qu'il reprendrait prochainement la route de Paris.

Il ne s'en cachait pas toujours, mais ses tantes trouvaient cela naturel ; l'élan qui l'avait amené vers elles les avait tellement touchées, qu'il atténuait et même éclipsait les désillusions qu'elles eussent pu éprouver. Elles admirent qu'il n'attendît pas, pour les quitter, l'extrême limite de son temps de liberté, et elles furent les premières à l'engager à prendre un train qui lui permettrait de passer chez les d'Hoffraye son dernier après-midi de congé.

XI

Dans les étoiles.

CETTE fois les demoiselles Giraut furent très raisonnables quand Sylvain les quitta ; c'était d'ailleurs compréhensible ; elles avaient constaté qu'il était bien portant, content de son sort, c'était suffisant pour que de leur côté elles se montrassent satisfaites. Sylvain, qui se savait toujours bien accueilli chez son tuteur, n'avait pas averti de son arrivée ; il connaissait les habitudes de la famille, savait qu'on déjeunait très tard et qu'il avait des chances de les surprendre avant qu'ils fussent sortis. Ce qu'il ignorait, c'est que la maison était désorganisée par suite d'une indisposition de Mag ; la jeune fille toussait depuis le début de l'hiver ; mais comme elle ne voulait suspendre ni une sortie ni un plaisir, elle se refusait à voir un médecin, et son père, trompé par sa gaieté, ne s'inquiétait pas outre mesure ; mais au lendemain du jour de l'an, après les fatigues occasionnées par des soirées successives, elle avait eu un violent accès de fièvre, et le médecin, mandé en toute hâte, avait déclaré, après auscultation, que les précautions les plus grandes seraient désormais à prendre.

D'autant plus alarmé que jusque-là sa sécurité avait été plus complète, M. d'Hoffraye s'était alors montré implacable pour contraindre sa fille à se soumettre aux prescriptions ordonnées. Ce n'était pas chose facile ; Mag se révoltait contre ces prescriptions qu'elle qualifiait d'exagérées. Elle condescendait encore assez volontiers à prendre des potions ; elle se fût même résignée à subir les traitements les plus énergiques, mais à son sens le repos était le seul remède dont on ne dût attendre aucun heureux résultat. Elle en alléguait pour preuve qu'il produisait sur elle un effet plutôt néfaste ; depuis qu'on la condamnait à garder la maison, elle ne dormait plus, mangeait à peine, elle était envahie par des idées noires, sa gaieté s'émoussait ; ce dernier symptôme l'inquiétait plus que n'eût pu le faire la toux la plus opiniâtre. Elle assurait que la danse ne la fatiguait jamais, qu'elle se sentait beaucoup plus lasse depuis qu'on la tenait inactive, et elle était tentée de crier à son entourage, non pas : « Guérissez-moi ! » mais : « Distrayez-moi ! »

Sa claustration n'était cependant pas rigoureuse ; ses amies venaient la voir ; on faisait des projets pour le moment où elle serait rétablie ; serait-ce demain ? serait-ce la semaine prochaine ? En tout cas on ne mettait pas en doute que ce ne fût bientôt ; il n'est pas dans les habitudes de la jeunesse de faire entrer la tristesse dans ses prévisions.

Mag se laissait facilement gagner par tant d'espoir ; elle entrevoyait sa très prochaine rentrée dans ce monde qui l'enchantait ; après le départ de ses amies, elle se prenait à combiner ses toilettes, à rêver à un chapeau, à un bijou.

… Mais quel est donc ce tapage qui vient constamment la troubler dans ses rêves ? Que veulent dire ces cris, ces miaulements accompagnés d'un bruit de vaisselle brisée.

C'est une cacophonie à rendre les gens sourds.

Wanda ! Wanda !

C'est désespérant de la voir aussi déraisonnable ! Que lui prend-il de mettre en présence la mère Grelotin et le fox-terrier de Henry, puisqu'elle sait qu'il en résultera des batailles, des poursuites, et de la casse !

Qu'est-ce donc encore que cette symphonie d'un autre genre, ce bruit étrange dans le piano?

Les domestiques s'affolent; on en appelle au diagnostic d'un accordeur de profession. Lentement, avec des précautions de connaisseur, il commence à démonter l'instrument; point ne lui est besoin de continuer, la plus mince ouver-

elle s'est revêtue des armures des panoplies de Henry, et où elle s'est promenée du haut en bas de la maison, traînant les sabres sur les tapis, accrochant les tentures au passage.

Mag a essayé de sévir; ce n'était sans doute pas le moyen à employer, car il n'a pas réussi. Chaque gronderie de la sœur aînée a donné lieu à une attaque plus offen-

Ses amies venaient la voir.

ture a suffi pour livrer passage à ... une souris cause de tout le délit.

Derrière la porte, d'où elle assistait à cette scène dont elle avait été le promoteur, Wanda riait aux larmes; elle riait de l'effroi de l'accordeur quand la souris lui était pour ainsi dire sautée au nez; elle riait de le voir s'effarer à travers le salon, à la poursuite de la petite bête qui cherchait un trou pour s'évader.

Inutile de dire qu'elle prenait parti pour la souris, et qu'elle était sans pitié pour le bonhomme qui dut croire qu'on avait voulu le mystifier en sollicitant ses bons offices pour la réparation d'une... souricière.

Et ce cliquetis de ferrailles, le jour où

sive de la petite cosaque qui ne sait vraiment qu'inventer.

« Tu me vois malade, faible, et tu en profites, » disait Mag.

Ce n'était pas juste. Wanda ne profitait pas de la maladie de Mag, elle en abusait, ce qui n'est pas la même chose. Wanda savait très bien que Mag se trompait, et c'est pourquoi elle n'avait pas pour elle tout le respect désirable. La première qualité d'un éducateur doit être de ne jamais abandonner son rôle, et si tant est que Mag ait parfois essayé de faire montre d'autorité, cela n'avait été que par soubresauts, avec la légèreté qui la caractérisait. Wanda n'était pas, à vrai dire, plus insupportable que de coutume, si Mag s'en apercevait c'est qu'elle était toujours présente.

Comme toutes les natures insouciantes, la jeune fille se remontait aussi vite qu'elle se démontait, et comme Wanda n'était pas vindicative, il leur arrivait de rire ensemble comme deux étourdies.

Car Mag riait encore : ce qui la désolait c'était de ne plus rire autant qu'autrefois. Henry assurait que cela reviendrait, et il contribuait à alimenter sa gaieté en lui rapportant les nouvelles les plus désopilantes. Il était très bon pour elle, et renonçait volontiers à un plaisir pour rester lui tenir compagnie.

Néanmoins, la jeune fille avait des heures de solitude, qui lui semblaient d'autant plus lourdes qu'elle était habituée à une vie superficielle, et n'avait en elle-même aucune ressource ; son insouciance était loin d'être de la philosophie, et pour faire face aux peines d'ici-bas, il faut plus que de la philosophie ; il faut avoir en soi ce principe essentiel de vie qui vous rend supérieur aux événements ; mais la perfection morale exige un travail préparatoire auquel Mag ne s'était pas essayée, aussi se montrait-elle désorientée ; son caractère s'en ressentait, il devenait inégal ; elle se raccrochait aux quelques distractions qui lui restaient, et la plus petite déception la laissait désemparée, de même qu'il suffisait de peu de chose pour lui rendre un éclat factice.

C'est dans ces dispositions d'esprit que Sylvain la retrouva, et jamais peut-être elle n'avait été plus versatile que ce jour où il vint la surprendre. L'après-midi avait commencé pour elle par une suite de désillusions, qui l'avaient mise de très méchante humeur. En premier lieu, son père avait dû la quitter pour se rendre à une réception officielle ; puis Henry n'avait pu se soustraire à un déjeuner chez des relations influentes qu'il tenait à ne pas désobliger par un refus ; les amies qu'elle attendait se faisaient excuser : presque chaque coup de sonnette lui apportait un mot de ces petites affairées qui, par un fait exprès, se trouvaient retenues loin de Neuilly.

Ces défections, qui tombaient les unes sur les autres comme des capucins de cartes, avaient mis en gaieté Wanda qui aimait les situations critiques.

Déjà agacée, Mag s'était montrée tout à fait mécontente :

« On dirait vraiment, dit-elle à sa sœur, que tu es la cause de mes déconvenues.

— Je n'aurais pu mieux réussir, riposta la fillette ; mais je n'y suis pour rien.

— Je ne me sens cependant pas le courage de rester ainsi en face de moi-même, reprit Mag. Je vais écrire un mot à Danie pour qu'elle vienne me voir.

— Faute de mieux ? » demanda Wanda malicieusement.

Ce n'était pas l'idée de Mag ; elle avait souvent regretté que Danie ne se mêlât pas à leurs réunions, et c'était le souvenir sympathique qu'elle avait conservé de la jeune fille qui la portait à la faire chercher ; mais la remarque de Wanda la troubla. Si cette même idée venait à Danie, elle pourrait s'en montrer froissée, peinée tout au moins, et il était toujours si loin de la pensée de Mag de froisser qui que ce fût, qu'elle abandonna son projet, seulement elle en voulut à sa sœur de lui susciter cet empêchement, et sa réponse s'en ressentit :

« J'aime à croire, lui dit-elle, que Danie aurait une façon plus juste d'interpréter mes intentions ; mais, dans le doute, je renonce à la faire chercher ; faute de mieux, je me contenterai de toi. »

Elle ne vit pas la mine futée de Wanda, la sorte de défi que lui lançaient les grands yeux noirs.

« Quelle heure est-il ? » continua Mag, avec une évidente intention de compter les heures d'ennui qui se préparaient pour elle.

De sa place, Wanda voyait très bien que la pendule marquait deux heures moins un quart, mais elle se leva, s'approcha de la cheminée, et très adroitement arrêta le balancier.

« Elle est arrêtée, dit-elle alors avec une vraisemblance de sincérité.

— Tiens ! c'est curieux, j'avais cru l'entendre marcher, il n'y a qu'un instant.

— Tu ne l'entendras plus.

— Va voir l'heure dans le cabinet de papa. »

Avec la docilité d'un agneau, Wanda disparut, le temps de faire subir à la pendule du cabinet de son père le même sort qu'à celle du salon.

Elle revint avec la même réponse :

« Elle est arrêtée aussi.

— Où veux-tu en venir ? demanda Mag que la récidive ne put tromper. Quand tu auras détraqué toutes les pendules de la maison à quoi cela t'avancera-t-il ?

— Évidemment, cela n'empêchera pas la terre de tourner, » dit Wanda, qui, sans doute pour donner à sa sœur une idée de la rotation de la terre, se mit à tourner sur son axe, autrement dit sur son orteil droit, avec une dextérité qui accusait une certaine pratique.

« Mais, ajouta-t-elle en se laissant tomber près du sofa sur lequel Mag était étendue, c'est un expérience que je tente ; quand j'étais petite, et que je ne savais pas l'heure, je ne m'ennuyais jamais, je veux essayer s'il en sera de même aujourd'hui.

— Ce n'était pas parce que tu ignorais l'heure que tu ne t'ennuyais pas, dit Mag, c'est parce que tu étais petite.

— Nous verrons, nous verrons, dit Wanda qui avait confiance dans son expérience ; rien ne semble lourd comme les poids que l'on soupèse, rien n'est long comme ce que l'on mesure. Mag, je hais tout ce qui est règle et convention, j'aurais voulu naître sauvage dans les steppes d'Amérique ou bien encore... »

Il n'en fallut pas plus pour chasser les idées noires de la jeune malade :

« Ah ! comme tu as raison, » s'écria-t-elle, approuvant sans restriction les idées étranges de sa sœur.

Et ce qui était le plus étrange c'était de voir cet acquiescement tomber des lèvres de cette jeune fille qui semblait créée pour tous les raffinements de la civilisation.

« Mais, Wanda, poursuivit-elle songeuse, aux steppes d'Amérique, ne préférerais-tu pas celles de la Sibérie ? Quelle ivresse ce doit être de se sentir emportée par un traîneau qui trace son sillon dans la neige, de respirer un air glacé, mais salubre au moins ! »

À cette vision des climats arctiques, elle croyait revivre la frêle enfant qui frissonnait sous ces châles, et les rêves allaient leur train... s'enchaînant les uns aux autres.

« Sais-tu, dit Wanda, en manière de péroraison, que nous avons de la chance d'être les filles d'un consul, et d'être destinées à partir au premier jour, où aimerais-tu aller Mag ?

— J'aimerais à connaître l'Égypte, dit Mag déjà revenue des régions glacées.

— J'aimerais mieux la Chine, c'est plus loin ; c'est égal, je les ai enfoncées toutes.

— Qui cela ?

— Les maîtresses des nombreux cours qui ont eu l'honneur de me recevoir. Il fallait voir comme je faisais voler en morceaux les livres et les atlas ; je ne connais qu'une façon d'apprendre la géographie, c'est de voyager.

— Ta manie de destruction n'a d'ailleurs servi qu'à te faire renvoyer, dit Mag en reprenant un ton de pédagogue.

— Oh ! pour détruire on peut compter sur moi ; ce qui est destructif n'est rien à mes yeux ; mais le monde, Mag, les étoiles, la mer, les montagnes, tout ce qui nous rend petits, voilà ce que j'aime !

— Moi aussi, » dit la jolie Mag, et ses yeux vaguement perdus dans l'horizon borné de cette pièce, voyaient au delà les scènes grandioses de la nature qu'elle aimait.

« Que cherchez-vous » ainsi au loin, Mag, demanda près d'elle une voix joyeuse.

Sylvain venait d'entrer ; il savait la surprendre, mais il avait compté sur une plus grande joie de sa part, et fut déçu de l'exclamation avec laquelle elle le reçut :

« Comment, vous êtes déjà de retour ! »

Quant à Wanda, son accueil fut plus désobligeant :

« Allons bon, s'écria-t-elle, il va nous

forcer à retomber en plein Paris, dans les usages, dans le monde civilisé.

— Où étiez-vous donc? demanda-t-il décontenancé.

— Dans les étoiles, dit gaiement Mag, Wanda m'avait ensorcelée je crois, et nous étions parties ensemble pour quelque coin du globe où l'on oublie le présent. Vous nous y faites redescendre, la chute n'est pas bien terrible.

— Mais ce n'en est pas moins une chute, dit Sylvain, et je m'en voudrais d'en être la cause; ne pourrais-je monter avec vous dans les étoiles?

— Wanda, l'emmenons-nous? » demanda Mag.

L'enfant ne répondit pas; debout devant la pendule, elle remettait le balancier en branle.

« Pourriez-vous me dire l'heure, dit-elle à Sylvain.

— Il est quatre heures, répondit-il après avoir consulté sa montre.

— Oh! dit Mag, vous devez vous tromper, il ne peut être si tard. »

Wanda donna aux aiguilles l'avance de deux heures, et se tournant vers Mag d'un air triomphant :

« Avoue que ma méthode a réussi; mais comment peux-tu penser que Sylvain se plairait dans les étoiles! il y chercherait son chemin pour redescendre sur la terre. Tout ce qui brille, Mag, tout ce qui est rêve, tout ce qui est illusion n'est fait que pour nous. »

Si la vérité parle par la bouche des enfants, les enfants souvent feraient mieux de se taire; Sylvain trouva cruelle la réflexion de Wanda. Pourquoi le jugeait-elle inapte à prendre lui aussi son vol vers les régions éthérées? pourquoi se plaçait-elle avec Mag dans une sphère à part où il ne pouvait les suivre?

On annonça une visite, et Mag fut agréablement surprise en voyant entrer Martial et Danie; mais c'était une visite d'adieu que venait faire la jeune fille; elle partait avec son père pour la Normandie, chez un châtelain, un de leurs clients qui les char-

geait d'un grand travail; ce châtelain désirait donner à quelques pièces de son domaine un caractère essentiellement normand, et il faudrait dans ce but reproduire aussi exactement que possible les meubles authentiques dont certains riches fermiers refusaient de se dessaisir; la commande était si importante que M. Maurer n'avait pas voulu la refuser, malgré la peine qu'ils éprouvaient lui et Danie à se séparer de Martial.

Mag, qui n'envisageait ni cette séparation ni le but sérieux du voyage, s'écria étourdiment :

« Comme vous êtes heureuse de partir! Wanda et moi nous rêvions justement de voyage. Que ne puis-je vous suivre. »

Sylvain n'eût pas relevé ce que ce regret contenait d'aberration, s'il n'eût été sous le coup de la petite blessure d'amour-propre qu'il venait de ressentir, et ce fut par une représaille presque involontaire qu'il se permit d'exprimer le doute que Mag et Danie pussent marcher longtemps côte à côte.

« Pourquoi? » demanda Mag vivement surprise.

Mais Wanda, dont l'esprit très fin avait saisi la nuance que soulignait Sylvain, s'écria :

« Il a raison, Danie n'a pas nos ailes. »

Et, comme pour atténuer l'impression fâcheuse peut-être de sa remarque, elle entoura Danie de ses bras et, câlinement, murmura :

« Mais pour rester près de vous, Danie, je consentirais bien volontiers à replier les miennes. »

Martial l'entendit, et il pensa qu'elle avait, cette petite, d'adorables reparties, et que ce serait mal de lui couper les ailes, si c'était au delà des espaces accessibles qu'elle allait butiner les enthousiasmes et les ardeurs qui rendaient plus ravissants ses retours à la vie réelle.

Sylvain avait surpris sa remarque; mais la déduction qu'il en tira fut autre et non dépourvue de cet amour-propre qui faisait le fond de sa nature; il était content que Wanda ait compris que Mag et Danie ne vivaient pas dans la même sphère; il était surtout content qu'elle ait placé la jeune fille dans le sentier banal où il marchait lui-même; mais comme il regardait Danie avec la sympathie que l'on accorde aux compagnons de route appelés à subir les mêmes frimas que vous et les mêmes misères, il fut frappé de la sérénité de son visage; pour franchir les passages difficiles, Danie avait mieux que des ailes, elle avait la confiance qui inspire les courages et qui relève les volontés.

A son insu, cette confiance qui était sa qualité dominante rayonnait autour d'elle; Sylvain pensa qu'il devait être bon de marcher dans ce sillon de lumière, et Mag, comme un écho à la remarque de sa sœur, s'écria :

« Danie, quand je serai lasse, trop lasse pour planer, vous m'apprendrez, n'est-ce pas, à marcher près de vous? »

XII

Le temple de Vesta.

LE rêve de Mag et de Wanda s'est réalisé; elles sont parties pour le pays du soleil. M. d'Hoffraye, préoccupé de la santé de sa fille aînée, a renoncé à un poste important qu'on lui offrait dans une des grandes capitales, et il a sollicité et obtenu un consulat dans le midi de l'Espagne.

C'est le pays des oranges, des fleurs éclatantes, des castagnettes et de la danse. Mag a éprouvé du changement d'air et de climat un bien auquel on n'aurait pu prétendre du moins aussi promptement. Dans leur nouvelle résidence, comme partout d'ailleurs, elle a été reçue à bras ouverts, et elle jouit doublement, et du retour de ses forces, et des plaisirs retrouvés; elle écrit des lettres enchantées à Henry, resté à Paris pour achever ses études, et à Sylvain, qui est un peu vexé de la voir

prendre si facilement pied sur ce nouveau terrain.

Cette cousine par trop cosmopolite le déroute complètement et le désillusionne un peu, et c'est pour faire parade de la même insouciance qu'il continue une vie mondaine qui a perdu pour lui une partie de ses entraînements.

En réponse aux lettres enthousiastes qui arrivent d'Espagne, il narre les fêtes auxquelles il prend part; M. d'Hoffraye l'a recommandé à bien des amis, qui le reçoivent en même temps que Henry, et les deux cousins sont devenus inséparables. Ce fut néfaste pour Sylvain. Henry était aussi frivole que sa sœur, sans posséder cette bonté qui atténuait chez Mag les effets de cette frivolité même. Les vanités, qui pour la jeune fille étaient des hochets, devenaient entre ses mains un gouvernail qu'il essayait de diriger. Sylvain se laissa gagner par cet exemple que ne contrebalançait plus aucune influence meilleure.

Martial lui eût été de bon conseil, mais ils se voyaient à peine; les circonstances y étaient pour beaucoup puisque, par suite de l'absence des d'Hoffraye et de M. Maurer, les maisons de Neuilly étant fermées, ils n'avaient plus l'occasion de sortir ensemble; de plus, en dehors de l'école, leurs habitudes étaient différentes. Tandis que Sylvain cherchait à étourdir les regrets inévitables que ravivait pour lui chaque jour de sortie, Martial, qui était à bon droit plus à plaindre, puisque c'était la maison paternelle qui provisoirement lui manquait, se jetait dans le travail avec un acharnement qui ne pouvait manquer d'avoir sa récompense. Ses compositions de mathématiques attirèrent l'attention d'un vieux professeur qui, découvrant chez cet élève des aptitudes hors ligne, se prit pour lui d'un intérêt d'autant plus vif qu'il avait la science pour mobile. En dirigeant Martial dans ses études abstraites, en éclairant son intelligence des données déjà connues, il avait conscience qu'il prêtait son concours à de futures décou-

vertes qui germaient sous le front intel-
ligent de l'élève qui docilement épelait les
leçons du passé.

Les jours de congé de Martial se pas-
saient chez ce professeur; ils travaillaient
ensemble; les résultats qui en ressor-
tiraient pour l'avenir restaient encore dans
l'ombre; pour le présent, Martial y gagna
d'être, à la fin de l'année, le premier de la
promotion, avec un nombre de points qui
le distançait considérablement du second.
Dans ces conditions, descendre d'un rang
n'eût pas été pour Sylvain une véritable
déchéance, tandis qu'il pût regarder comme
telle de faire en arrière un saut de dix
rangs.

Cependant ce classement n'était mauvais
que par comparaison; il avait une année
pour se rattraper, les vacances qui s'ouvraient lui firent oublier cette déconvenue, et il n'essuya aucun reproche de la
part de ses tantes, beaucoup trop indul-
gentes pour être jamais grondeuses. Sous
aucun rapport d'ailleurs elles ne se mon-
traient exigeantes, et elles trouvèrent naturel qu'il partageât ses longues vacances
entre elles et ses amis parisiens qui, dissé-
minés un peu de tous côtés, l'invitaient,
qui sur les bords de la mer, qui aux
montagnes, qui en forêt... Elles se disaient
qu'il avait besoin de délassement, et étaient
heureuses des distractions qui s'offraient,
et qu'il acceptait avec un empressement
dont il ne se cachait pas.

Entre deux villégiatures, il leur revenait
pour quelques jours, leur narrait les plaisirs qu'il avait eus, évoquait ceux qui
l'attendaient, et elles étaient contentes de
le voir content.

L'était-il pleinement? C'est possible. En
tout cas, il en avait l'air, et la vie superficielle qu'il menait pouvait lui être devenue
un besoin; cependant l'insouciance ne se
greffe pas complètement sur les âmes qui
ont reçu une éducation forte et saine. Une
circonstance qui allait montrer à Sylvain
à quel point il s'était, sans s'en rendre
compte, laissé influencer par l'air ambiant
qu'il respirait depuis quelques mois, allait

le réveiller de son atrophie passagère, et
lui créer, avec un remords, le désir de se
reconquérir lui-même.

Cette circonstance le prit au dépourvu,
oh! sans cela, il n'y eût pas joué un si
piètre rôle. C'était vers la fin des vacances,
il passait la saison de chasse dans un
château des environs de Rouen. Il s'y
retrouvait avec sa société habituelle, et si
la chasse était l'attrait principal de quel-
ques-uns des invités, la jeunesse orga-
nisait des parties plus pacifiques.

Sylvain, assez médiocre tireur, faussait
plus souvent compagnie aux chasseurs
qu'à la bande joyeuse, qui, d'ailleurs, ne
le laissait pas volontiers lui échapper, car
il s'y entendait admirablement à organiser
et à animer les parties.

Une de ces parties eut pour but la
visite à un château réputé dans le pays,
autant pour son architecture que pour les
merveilles d'ameublement qu'il contenait.
La fantaisie d'un propriétaire artiste et
millionnaire l'avait aménagé de telle sorte,
qu'en le parcourant on pouvait croire faire
un voyage autour du monde.

Un boudoir turc vous conduisait à des
salons qui reproduisaient identiquement
un intérieur japonais. Telle galerie, qui
rappelait les halls anglais, reliait une
pagode chinoise à la case primitive de
l'Africain. Toutes, ou presque toutes les
nations du monde s'y trouvaient repré-
sentées — on le disait du moins — et
c'était suffisant pour exciter la curiosité
toujours en éveil d'une bande joyeuse en
quête de mouvement. On se mit en route
sans se demander si on obtiendrait la
permission de visiter ce domaine privé;
mais les circonstances favorisèrent les pro-
meneurs; le châtelain était absent, et un
domestique, facilement soudoyable, consentit sans aucune peine à leur servir de
cicerone.

A la suite de ce domestique, ils visitèrent
donc très librement cette superbe habita-
tion, dont presque chaque pièce leur arrachait des exclamations, quand une sou-
daine apparition vint à la fois les charmer

ELLES TROUVÈRENT UNE PETITE WANDA EN LARMES.

et mettre une sourdine à leurs admirations parfois trop bruyantes.

On avait parcouru la plus grande partie du rez-de-chaussée, et l'on venait de pénétrer dans une aile en retour, dont la forme ronde et la hauteur de voûte avaient favorisé la transformation en une sorte de temple de Vesta, temple bijou certes, mais qui pouvait lutter en somptuosité avec les merveilles de l'antiquité.

les dalles disparaissaient sous des tapis d'Orient; les marches qui conduisaient au souterrains n'étaient pas recouvertes par des tapis, mais elles seules étaient une richesse : elles étaient de marbre rose et servaient de piédestal à l'autel en bois de cèdre, sur lequel reposaient les livres sacrés et une statue de Pallas.

Il flottait dans l'air un parfum de rose et de myrrhe; l'on s'attendait presque à voir

C'est le pays des castagnettes et de la danse.

Par une fantaisie d'amateur richissime, le châtelain avait essayé de reproduire le temple construit sous le règne du roi de Rome Numa. Il n'avait eu pour se guider dans cette restauration qu'une médaille antique, et quelques descriptions d'auteurs latins; il savait que le temple était de forme ronde, entouré de colonnes corinthiennes, et que l'autel supportait une statue d'un palladium rapportée de Troie. Il avait cru ne pas déroger inconsidérément à la vérité historique en rassemblant dans ce temple les merveilles qu'il avait rapportées d'Orient. Les lampadaires, qui l'éclairaient, étaient du plus pur travail; les murs étaient tendus de belles étoffes;

errer dans ce sanctuaire la vestale chargée d'entretenir l'huile des lampadaires et le feu des cassolettes, et l'illusion fut à peine effleurée, quand la tenture du fond se souleva pour livrer passage à une jeune fille qui, à vrai dire, n'avait des prêtresses antiques que la grâce très simple que nous leur concédons comme un apanage. On ignorait si le châtelain était célibataire, ou marié et père de famille; il était admissible qu'il eût une fille qui se réservât le soin exclusif de ce temple en miniature; la méprise fut donc compréhensible et une réflexion flotta sur toutes les lèvres : « La jeune châtelaine, sans doute. »

Seul Sylvain eut un soubresaut causé

par la plus vive surprise. Dans cette prê-
tresse présumée, dans cette vestale des
temps nouveaux, il avait reconnu Danie.

Elle aussi l'avait reconnu ; elle fit un pas
vers lui, et, pour lui serrer la main il
gravit d'un bond les degrés de marbre
qui formaient à la jeune fille un piédestal
rose. Mais à ce premier élan qui l'avait
pour ainsi dire porté près d'elle, succéda
cet embarras qui allait devenir son remords.
S'il était resté dans l'ignorance des détails
qui lui eussent permis de savoir à l'avance
qu'en venant dans ce château il y rencon-
trerait Danie, du moins la surprise de la
rencontre ne pouvait-elle lui laisser de
doute sur la cause de sa présence en ce
lieu.

Pourquoi ne la révéla-t-il pas tout de
suite? Pourquoi, en réponse aux questions
étonnées qu'on lui posait :

« Vous connaissez mademoiselle ? Vou-
liez-vous nous ménager un coup de théâtre?
Présentez-nous au moins », ne répondit-il
qu'à la dernière demande, et encore très
incomplètement, puisqu'en fait de présentation il nomma ses amis à Danie, mais en
omettant de la nommer elle-même, pour
les sortir de leur erreur. Rougissait-il du
titre modeste qu'il eût fallu lui donner?
Danie fut en droit de le croire, et elle lui
adressa un regard si attristé qu'il en fut
remué jusqu'au fond de l'âme. Mais pourquoi ne s'empressa-t-elle pas de remettre
les choses au point? pourquoi, au contraire,
entrant dans le rôle dont il l'avait investie,
se substitua-t-elle au domestique pour les
guider?

Dans son silence il devinait un blâme, il
comprenait qu'il l'avait blessée; car il la
connaissait assez pour être certain que ce
n'était pas un enfantillage de sa part de se
faire passer pour châtelaine.

En arrière du groupe, dont elle formait
l'avant-garde, il maugréait en lui-même,
pestant contre son idée qui mettait Danie
dans une situation fausse, en voulant
même à la jeune fille de ne pas avoir tout
de suite éclairci ce malentendu ; il en voulait
aussi à cette troupe folle de lui avoir troublé

l'esprit. Danie traversa dans toute sa lon-
gueur une galerie à laquelle de vieux
vitraux donnaient des apparences de cha-
pelle, et, avant d'ouvrir la porte qui se
trouvait à l'extrémité de cette galerie :

« Nous rentrons en France, dit-elle, qui
plus est nous allons être en pleine Normandie. »

En effet, l'on se trouva dans une vraie
chambre normande, dont les meubles du
style le plus pur, ne le cédaient en rien
aux somptuosités d'un autre ordre que
l'on venait d'admirer. Un sourire d'orgueil
illuminait le visage de Danie devant l'admiration que produisirent les sculptures
des bahuts et des armoires. Une jeune
femme le remarqua et lui dit en riant :

« Vous écrivez sur votre visage que vous
êtes, non seulement française, mais normande. »

Danie branla la tête, mais si impercep-
tiblement, qu'à part Sylvain, qui savait à
quoi s'en tenir à ce sujet, il était possible
de ne pas interpréter ce geste comme une
réponse négative.

Il devinait quel était le genre d'orgueil
qui mettait sur le front de Danie cette
grâce nouvelle, dans ses yeux ce joli rayon
ému. Il y avait de sa part un parti pris
systématique de ne pas regarder Sylvain ;
mais était-ce sans motif qu'elle était allée
s'accouder à un bahut dont les panneaux
firent surgir chez le jeune homme la vision
de l'atelier de Neuilly ? Il ne pouvait s'y
méprendre, les moulures de ces panneaux
étaient la reproduction de la vieille dentelle
de Malines ; il était en présence de ce
travail dont on avait discuté devant lui
l'exécution.

En attirant son attention sur ce meuble,
la jeune fille semblait lui fournir l'occasion
de la nommer comme la dessinatrice qui
avait aidé à la reproduction du vieux
modèle ; il n'en fit rien. Peut-être cependant cette fois n'était-il pas coupable. La
timidité l'emportait ; il ne se reconnaissait
plus le droit de rompre le silence voulu
de Danie, et de revendiquer pour elle la
seule place qu'elle ambitionnait à la table

de travail. Cette place, elle allait la revendiquer elle-même.

Un des visiteurs s'enquit de la façon
dont ces meubles normands avaient été ras-
semblés, et sur la réponse de Danie que
le châtelain avait fait venir au château un
sculpteur sur bois dont ces meubles artis-
tiques étaient le travail, on lui demanda si
on ne pourrait voir cet artiste, et lui offrir
les félicitations que méritaient ses œuvres.

« J'allais vous le proposer », répondit-
elle.

Elle avait sur les lèvres un énigmatique
sourire que Sylvain, seul, remarqua.

XIII

Les remords de Sylvain.

A la suite de Danie, ils traversèrent de
nouveau mais très rapidement une
partie des appartements qu'ils avaient déjà
parcourus, et ils se retrouvèrent dans le
hall; on percevait non loin le bruit d'un
tour de menuisier, Danie ouvrit une porte,
s'effaça pour laisser passer les visiteurs,
et comme complément à la présentation
ébauchée par Sylvain :

« Voici mon père, » dit-elle simplement.

Quelques-unes des jeunes filles eurent
un recul de suprise, d'ailleurs aussitôt
contenu par le tact qui chez les gens très
bien élevés dénoue habilement les situations les plus délicates ; et ce ne fut que
plus tard, quand, après un échange de
paroles gracieuses avec M. Maurer et
d'aimables remerciements à Danie, on se
retrouva hors du château, qu'on entreprit
Sylvain, l'accablant de questions, le plaisantant sur les mystères qu'il avait faits.

Il prenait la chose en riant; ce qu'on lui
disait le touchait moins, oh! beaucoup
moins que le regard que lui avait adressé
Danie. Certes il avait fait en sorte d'effacer
la mauvaise impression qu'il avait produite
sur la jeune fille en se montrant particulièrement affectueux pour M. Maurer; mais
néanmoins il se sentait diminué dans sa

propre estime, il craignait de l'être dans
celle de Danie, et il maudissait le concours
de circonstances, l'amoncellement de faits
presque imperceptibles, qui avaient amené
entre eux cet imbroglio, dont il éprouvait
un regret sincère.

Ce qui l'attristait davantage, c'était
l'impossibilité dans laquelle il était de se
faire pardonner; appuyer sur une circonstance pénible n'est-ce pas l'envenimer? et
puis il n'avait pas l'occasion de le faire,
car il ne voulait pas peiner Martial en lui
en parlant, c'était bien assez d'avoir con-
tristé Danie.

Ce fut sous ces fâcheuses impressions
que se terminèrent les vacances, et que
s'ouvrit la deuxième année d'école.

Les Maurer étaient de retour à Paris
mais Sylvain n'osait se présenter chez
eux, et on ne l'y invitait pas, le sachant
lancé dans une société toute différente.

Cette sorte de scission l'attristait, et
cela contribua sans doute à lui faire
paraître cette seconde année plus longue
que la précédente. Tout y concourait
d'ailleurs ; l'absence des d'Hoffraye, la
satiété des plaisirs dont il finissait par se
lasser, la vie d'École, qui n'avait plus
l'attraction de la nouveauté, les préoccu-
pations du rang de sortie. Il donna un
coup de collier, qui ne lui fit pas regagner
son premier classement, mais lui permit
de choisir sa carrière, et le jour où
Martial entrait à l'École des Mines, il
entrait, lui, à celle des Ponts et Chaussées.
Les demoiselles Giraut avaient lieu d'être
fières; Mag aussi était fière de son cousin,
elle le lui dit dans une petite lettre très
gaie qui fit à Sylvain d'autant plus de
plaisir que la jeune fille annonçait leur
prochain retour :

« J'en ai assez de l'Espagne, disait-elle, et
papa consent à me ramener à Paris. Ce ne
sera peut-être pas pour longtemps, car on
redoute pour moi votre hiver humide, et on
parle de m'envoyer faire une cure dans un
sanatorium; mais ce ne sera pas avant que
je vous aie tous revus, et je projette de
bien nous amuser. »

Suivait l'énumération des plaisirs pro-
jetés, et le ton enjoué de la lettre effaça
pour Sylvain l'inquiétude qu'aurait pu lui
causer la seule éventualité du sanatorium.
D'ailleurs Henry, qui avait été passer
les vacances dans sa famille, ne paraissait pas inquiet. Il disait bien que Mag
toussait, qu'elle n'avait pas d'appétit, que
les médecins recommandaient de ne la
contrarier en rien ; mais il ajoutait qu'elle
était pleine d'entrain, et quant à l'ordonnance de ne pas la contrarier, les deux
jeunes gens la trouvaient trop naturelle
pour soupçonner ce qu'elle pouvait avoir
de désespéré. Henry avait arrêté pour sa
famille un appartement en plein Paris.
Mag lui avait donné ses instructions à ce
sujet :

« Il me faut, avait-elle écrit, une
chambre vaste et très claire. J'aimerais
qu'elle eût deux expositions, du soleil
surtout, oh ! du soleil à tout prix ! mais il
me faut aussi le bruit de la rue. Je sortirai
peu, et je veux entendre vivre autour de
moi.

« De ma chaise longue je veux suivre
les allées et venues des passants, c'est te
dire qu'il me faut un premier étage.

« Découvre ce nid idéal, meuble-le à ta
fantaisie, sans oublier toutefois ma préfé-
rence pour le bleu, sème de fleurs
pourpre ce petit coin de firmament, et
attends-toi à y voir descendre la plus
reconnaisante des sœurs. »

Fut-ce l'effet de la satisfaction qu'elle
éprouva à se retrouver à Paris, au milieu
de ses amies ? fut-ce le bonheur très réel
de reprendre avec son frère leur bonne
intimité, ou bien tout changement de vie,
désiré par elle avec ardeur, avait-il sur sa
santé une bienfaisante influence ? quel
qu'en fût le motif, les semaines qui
suivirent son arrivée furent relativement
bonnes. Elle n'avait rien perdu de son
entrain d'autrefois ; c'en fut assez pour
que Sylvain, très peu clairvoyant, ne pût
diagnostiquer sous ces apparences factices
les ravages d'un mal qui faisait sourdement
son œuvre.

L'impression heureuse qu'il éprouva
dès sa première visite le porta à tout voir
sous un jour favorable.

Il trouva Wanda embellie ; elle était
certainement moins maigre, et si ses yeux
n'avaient rien perdu de leur vivacité, il était
visible que la mutinerie de la petite cosaque
avait reçu de l'attouchement de la race
espagnole une grâce qui en arrondissait
les angles.

Il faudrait sans doute bien des influences
encore pour modeler cette nature trop
impressionnable, mais pour peu que la
transformation s'opérât dans un sens favorable, on prévoyait qu'on pourrait faire
quelque chose de Wanda.

M. d'Hoffraye était moins solennel que
par le passé. Il y eut dans sa façon
d'accueillir Sylvain une affabilité plus
expansive ; ses manières, comme son ton,
étaient changés. Sa sollicitude pour Mag
était touchante. Non content de souscrire
à ses moindres caprices, il les prévenait,
les suscitait.

S'abusait-il ? ou au contraire avait-il
conscience qu'il était acteur dans l'une de
ces comédies sublimes qui sont le dernier
mot de notre affection pour ceux qui vont
nous quitter ?

C'était navrant de voir ce père, dont les
rides chaque jour se creusaient davantage,
s'incliner en souriant vers Mag qui s'affai-
blissait visiblement. Bientôt elle ne quitta
plus sa chambre, plus sa chaise longue,
puis son lit ; mais sa gaieté subsistait. Cette
crise qui s'éternisait ne lui causait pas les
énervements qui l'avaient assaillie quand
elle avait ressenti les premières atteintes
du mal terrible. Plus elle était malade,
plus elle paraissait l'oublier ; elle ne
comptait pas sur l'almanach ses jours de
réclusion, elle regardait toujours en avant,
et ne s'apercevait pas que ses projets
demeuraient à l'état de projets.

Tous ? oh ! mais non, il était si persistant
en elle ce besoin d'être entourée, aimée,
que son cœur se liguait avec son imagination pour lui procurer les derniers
bonheurs auxquels elle dût sourire.

Mais s'apercevait-elle que plus elle s'éloignait de ce qui avait été sa vie, et plus devenaient sérieuses ses pensées, et graves ses désirs?

Était-ce seulement le caprice de revoir une amie qui lui fit désirer un jour la visite de Danie, ou bien dans son existence qui s'en allait, avait-elle l'instinctif besoin de se raccrocher à quelque chose de fort, et

il se rappela le bon accueil qu'il avait reçu dans la famille de Martial. Il se rappelait aussi sa brusque apparition chez eux, venant chercher le rouet pour la fête que donnait Mag.

Mais ce souvenir l'attrista par le contraste que lui opposait le but de sa visite d'aujourd'hui; cette évocation d'une fête où Mag était si brillante, si pleine de santé,

« Voici mon père, » dit-elle.

Danie lui apparut-elle comme ayant une place indiquée à son chevet?

Elle chargea Sylvain d'aller chercher la jeune fille, ce qu'il accepta volontiers; bien qu'il éprouvât un certain embarras à se retrouver avec elle, il était plutôt content d'avoir un prétexte pour renouer les relations. Qui sait s'il ne trouverait pas moyen de remédier par un mot à la maladresse qu'il avait commise! s'il trouvait trop difficile de parler, il mettrait Mag dans la confidence, et avec son tact habituel elle concilierait tout sans froisser personne.

Ce fut avec ce bon espoir qu'il se rendit chez les Maurer, et se remémorant les vieux souvenirs de son arrivée à Paris,

lui fut pénible; le message qu'il portait lui apparut dans toute sa tristesse, c'était une malade qui demandait Danie.

Mag malade! Était-ce possible?

Il traversait Neuilly, revoyait l'hôtel occupé jadis par les d'Hoffraye; cette maison ne lui renvoyait que des souvenirs heureux, et cependant il avait le sentiment qu'il marchait entre des choses mortes, que tout devenait sombre.

Il pressa le pas, il avait hâte de voir Danie, hâte de lui dire ce qu'il espérait être la vérité : que Mag n'était que souffrante, qu'elle l'envoyait chercher pour l'égayer, pour l'aider à se guérir plus vite, il venait à elle comme à un sauveur, et cette impression persista quand il se retrouva entre M. Maurer et Danie dans cet atelier où rien n'était changé, où tout parlait de travail, de bonheur familial.

Oh ! comment avait-il pu — même en pensée — transformer Danie en châtelaine, c'est ici dans ce cadre de labeur qu'elle était vraiment dans son élément ; il fut sur le point de le lui dire ; mais toute explication mourut sur ses lèvres devant cette jeune fille que sa simplicité mettait si au-dessus des préjugés vulgaires et des petitesses de convention.

Pas davantage il n'osa faire d'excuses ; il faudrait mieux que des mots, plus que des phrases pour faire admettre à Danie que la vanité dont il avait fait montre était toute de surface, et qu'il la regrettait.

Une mélancolie infinie l'envahit en voyant combien elle lui était supérieure, il se sentait loin, loin d'elle, et ce sentiment s'accentua quand il la connut davantage. Chez les d'Hoffraye, où Danie se rendit à l'appel de Mag, il fut appelé à la voir souvent.

Là, comme partout, il constata qu'elle eut tout de suite une place à part. Pas un instant elle ne fut considérée comme la visite, souhaitée certes, bien accueillie, attendue impatiemment, mais enfin la *visite* ; elle fut l'*amie* discrète à qui l'on se confie, parce qu'elle appelle la confiance sans la forcer, à qui va la sympathie complète, sincère, entière.

M. d'Hoffraye s'accoutuma à la voir venir journellement, et Wanda, qui était traitée par les autres amies de Mag comme une enfant gênante devant laquelle on n'ose parler, lui fut reconnaissante de ne pas lui lancer de ces regards qui, selon l'expression de l'enfant, la *renvoyaient à ses poupées*.

Henry lui-même subit le charme de sa présence, et il ne pouvait s'empêcher de reconnaître que cette petite ornemaniste avait sur les autres jeunes filles qu'il connaissait cette supériorité très rare d'être partout à sa place, parce qu'elle savait

partout rester indépendante des circonstances et des influences.

Quant à Mag, elle regardait la visite de Danie comme le meilleur moment de sa journée ; à l'avance elle se disait : « Je lui dirai telle chose ». Après le départ de la jeune fille, elle repassait ce qu'elles avaient dit en une causerie qui n'avait jamais été banale, et qui lui laissait une impression de sérénité, d'infinie résignation.

Oui, de résignation. Bien que Danie ne prononçât jamais ce mot, ni aucun de ceux qui forment cortège à la douleur et à la souffrance, elle avait le don de guider dans une voie nouvelle la rieuse enfant qui avait tant aimé la terre qu'elle allait quitter.

Elle savait donner une teinte de gravité aux conversations les plus enjouées en apparence.

« J'aime les étoiles, disait Mag, j'aime les fleurs, l'espace, tout ce qui brille !... »

Et Danie disait qu'elle aimait surtout à chercher le Ciel au delà des étoiles, et qu'elle mettait le bonheur plus haut que les vanités qui s'effeuillent.

Un jour cependant, entre les deux jeunes filles les rôles parurent intervertis, — de la part de Danie ce fut instinctif ! Sylvain était présent, Henry aussi, et aussi Wanda ; on causait assez gaiement autour de la jeune malade dont la chambre, toute parée de fleurs d'hiver, avait un aspect plutôt riant.

Soudain, dominant les bruits de la rue, un orgue de Barbarie se fit entendre ; c'était un orgue aux sons grêles, peu harmonieux ; mais l'air — une valse de Métra — était entraînant, et Wanda, que tout conviait au mouvement, s'écria à l'étourdie :

« Ça donne envie de danser !

— Eh bien ! dit Mag, qu'est-ce qui vous en empêche, cela me fera plaisir de vous voir danser, cela me rappellera le temps où je m'amusais aussi. Ah ! je me suis bien amusée ! voyons, pressez-vous de vous mettre en branle ; l'orgue n'est pas à vos ordres. Il va cesser de se faire entendre. »

Mais Wanda seule, dans l'ignorance où

elle était de l'état de sa sœur, s'écria :
« C'est cela, dansons ! »

Henry et Sylvain se sentaient envahis par une même angoisse, l'invite au plaisir qui tombait de ces lèvres mourantes les impressionnait à un tel point que jamais plus, même quand Mag ne sera plus là, jamais ils n'éprouveront plus intense l'effroi que la mort cause à la jeunesse quand elle frappe dans ses rangs.... et Danie, cette petite créature toute de devoir et de sérieux, Danie eut un geste involontaire qui n'écartait pas seulement l'idée du plaisir qu'il fallait repousser, mais aussi la sombre visiteuse qui allait emporter Mag ; il leur semblait à tous que quelque chose de leur jeunesse allait mourir avec Mag ; que la jeune fille emporterait dans les plis de son linceul le meilleur de leur gaieté.

Ce ne fut que l'affaire d'une seconde, car Wanda s'écria :

« C'est fini, l'orgue ne joue plus. Il est trop tard pour danser ! »

Mag avait-elle deviné ce qui s'était passé en eux ? eut-elle conscience de l'abîme qui se creusait entre leur vie pleine de sève et la sienne qui s'éteignait ? pour l'instant elle n'en laissa rien paraître, elle dit même avec une sorte d'entrain :

« Je vous disais bien qu'il fallait vous presser ! » mais quand elle se trouva seule avec Danie, elle lui dit tout bas :

« Je me demandais parfois, Danie, ce que j'apporterais au bon Dieu, car j'ai eu une vie bien creuse, bien frivole ; mais je sais maintenant que je ne lui arriverai pas dénuée de tout, je lui apporterai ma jeunesse ! »

<h2 style="text-align:center">XIV</h2>

Au delà des étoiles.

DE son passé heureux Mag n'oubliait rien, mais il semblait qu'elle cherchât à mettre une empreinte nouvelle sur les scènes dont ce passé lui renvoyait des images trop frivoles ; elle demanda à Sylvain ce qu'il avait fait de la quenouille minuscule qu'un tour de roue de la Fortune lui avait un jour octroyée.

Ne sachant où elle voulait en venir, il prit la chose en plaisantant, et répondit qu'il s'était bien gardé de s'en défaire, dans la crainte de se mettre mal avec le sort.

« Si je vous la demandais, dit Mag, me la refuseriez-vous ? »

Il la lui apporta, mais le temps avait fait son œuvre sur cette quenouille bibelot ; elle était fanée à faire pitié.

Devant ce piteux vestige de la brillante saison de sa vie, Mag ne parut pas avoir de déception, et ce fut presque gaiement qu'elle dit à Sylvain :

« Maintenant je voudrais voir le rouet. »

On se conforma à son désir ; dès le lendemain, le rouet fut apporté, et devant Mag, qui l'en priait, Danie se mit à filer comme elle l'avait fait une fois déjà. Comme alors Wanda et Sylvain étaient présents, et Danie maniait le lin avec la même dextérité, mais Mag ne disait plus : « Apprenez-moi à filer » ; elle regardait le groupe dont Danie et son rouet formaient le centre, puis ses yeux se reportèrent sur une table où gisait la quenouille fanée.

Sylvain, qui suivait son regard, lui dit en souriant :

« Vous trouvez cette quenouille bien laide, n'est-ce pas ? mais on peut la rajeunir, un flot de ruban, un flocon d'ouate, et elle sera neuve !

— A quoi bon, répondit-elle, elle se fanerait encore ; jetez-la au feu. »

Il hésita, mais Wanda, qui n'attachait aucune importance à cette petite loque poussiérée, la prit et, d'un mouvement vif, la lança dans la cheminée.

« Qu'avez-vous fait ! s'écria Danie impressionnée, malgré elle, par cette très petite destruction.

« J'ai obéi, dit Wanda, pour une fois que cela m'arrive, ai-je eu tort ?

— Je serais tenté de dire que oui, car j'avais des droits sur cette quenouille ; ne fût-il pas un jour, Mag, où vous aviez songé à me la faire offrir.

— Sylvain s'y refusa, dit la jeune malade, il trouvait indigne de vous une quenouille susceptible de se faner; reprenez celle qu'il vous mit alors entre les mains, et filez de nouveau, Danie, j'aime à vous voir à votre rouet; il me semble que vous préparez du bonheur. »

Du bonheur! oh! combien ce mot prononcé par Mag résonna lugubrement aux oreilles de Danie.

tâche que vous accomplissiez, elle nous est un exemple. »

Fut-ce pour complaire à Mag? fut-ce pour obéir à Sylvain qu'elle reprit sa quenouille? était-il vrai qu'en filant elle préparait du bonheur? en tout cas c'était un bonheur si discret, si sérieux, si tranquille, qu'il ne détonnait pas dans cette chambre de malade.

Il sembla à Sylvain qu'il était pardonné.

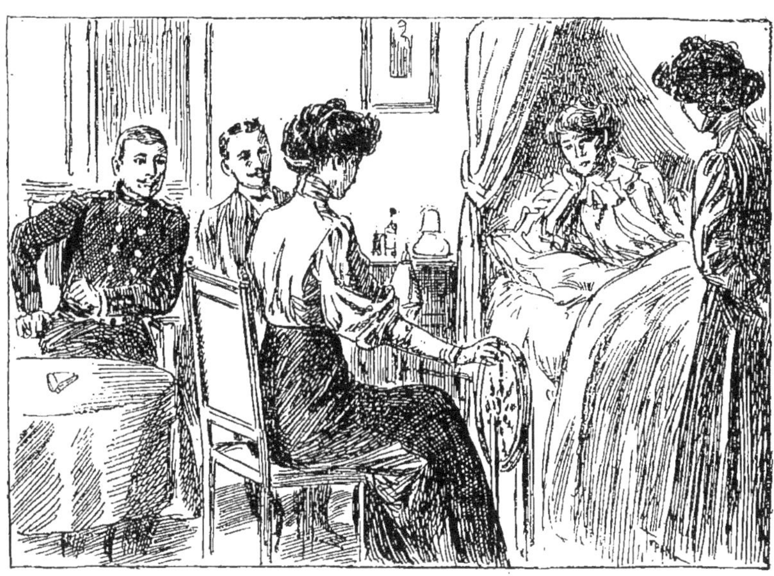

Danie se mit à filer.

Pour la première fois peut-être de sa vie, la jeune fille hésita à mettre son rouet en mouvement.

Mag s'en aperçut, et, avec un sourire :

« Faut-il que ce soit encore Sylvain qui vous y convie? » demanda-t-elle.

Avait-elle une arrière-pensée en unissant, à propos du bonheur, les noms de Sylvain et de Danie?

Les deux jeunes gens se regardèrent; et Sylvain laissa échapper un cri qui était comme une demande de pardon :

« Oh! s'écria-t-il, s'adressant à Danie, je vous le demande avec Mag, reprenez votre place au travail; quelle que soit la

C'est pour ainsi dire guidée par Danie que Mag franchit sa dernière étape; elle conserva jusqu'à la fin une gaieté très douce, une sorte d'enjouement, qui transformait ses caprices en pensées devenues graves. Et c'était avec le sourire indulgent avec lequel il acquiesçait jadis à ses fantaisies les plus vaines, que M. d'Hoffraye paraissait condescendre à ce qu'il savait être les dernières volontés de son enfant.

« Je veux connaître les tantes de Sylvain, » dit-elle un jour. On leur transmit ce désir de mourante. Elles vinrent sans hésiter; Mag leur parla de Wanda, qui semblait la préoccuper.

« Si j'osais, leur dit-elle, je vous demanderais de l'emmener avec vous quand... (elle ne dit pas quand je serai morte, mais :) quand vous retournerez à Rouen.

— Ce sera bien volontiers, si votre père y consent, » dit tante Catherine.

M. d'Hoffraye y accéda, mais l'opposition faillit venir de Wanda :

« Mettez-moi où vous voudrez, dit-elle ; mais par pitié pour ces pauvres dames ne les accablez pas de ma personne, je les aime et ne veux pas leur causer d'ennuis.

— Si tu les aimes, dit Mag, tu seras sage ; d'ailleurs je te donnerai un talisman qui t'aidera à le devenir. »

Sans plus attendre, elle lui remit le portrait de leur mère.

Suffoquée de plaisir, mais très surprise, Wanda demanda :

« Et toi ?

— Je n'en ai plus besoin. »

Wanda ne comprit que plus tard pourquoi sa sœur n'en avait plus besoin.

Mag s'en allait sans secousses, sans heurts, sans angoisses. Henry, Sylvain, Wanda espérèrent jusqu'à la fin, oui, même le dernier jour, alors qu'elle n'avait plus que le souffle, ils espéraient en sa jeunesse.

Mais cette grande richesse était son butin pour l'éternité.

. . . .

Ce n'était pas sans inquiétude que tante Catherine et tante Édith avaient accepté de se charger de Wanda. Si le cœur de l'enfant permettait d'espérer beaucoup de l'avenir, dans le présent Wanda était encore la petite cosaque, dont le premier mouvement était la révolte, dont l'indiscipline, ou tout au moins l'indépendance restait la loi. L'introduire dans leur paisible intérieur était fait pour les épouvanter, elles se rendaient compte aussi que leur vie serait pour la fillette d'une monotonie exaspérante, et se demandaient si cette brusque transition ne lui serait pas défavorable.

Cette impression s'accentua au moment du départ. Wanda, qui, pendant les scènes de deuil, avait témoigné d'un réel chagrin, se départit soudain, d'une façon presque

inqualifiable, de toute tristesse, de toute émotion même, elle se prépara à suivre les demoiselles Giraut avec la désinvolture qu'elle eût apportée à un voyage d'agrément, et les deux vieilles demoiselles emmenèrent une petite fille en deuil, qui portait le plus légèrement du monde le poids de son chagrin. A leur grande surprise, Wanda se fit tout de suite à sa nouvelle existence. Loin d'avoir un sourire, sinon moqueur, du moins espiègle, à l'adresse des petites manies qu'elles ne pouvaient manquer d'avoir, cette insubordonnée se conforma à leurs habitudes ; elle aima leurs pauvres, en un mot tante Catherine et tante Édith n'eurent rien à changer à leur vie, il s'y mêlait seulement un élément nouveau, gai, jeune, entraînant.

Elles étaient trop parfaites pour s'en réjouir complètement. Wanda ne se contentait pas de les étonner, elle les décevait aussi ; quelle insouciance était donc la sienne pour supporter tant de séparations avec une telle indifférence ?

Croyant bien faire, tante Catherine essaya un jour de la ramener vers son passé. Elle n'obtint de la part de Wanda aucun souvenir ému, seulement le récit de quelques espiègleries.

Une autre fois que Wanda venait de recevoir une lettre de son père, la tante Catherine se risqua à lui demander de son ton compatissant :

« Et ce pauvre papa, comment est-il !

— Est-ce qu'il serait malade ? demanda l'enfant, retournant la question avec inquiétude.

— Non, oh ! non, s'empressa de répondre la bonne tante Catherine, je voulais seulement dire... »

Ce qu'elle voulait dire, Wanda s'en souciait fort peu ; rassurée sur la santé de son père, elle interrompit tante Catherine en lui demandant des ciseaux pour couper la bordure noire du papier de deuil.

« Je hais le noir, » dit-elle avec sa façon d'affirmer ses préférences ou ses antipathies.

De fait elle portait un deuil mitigé, et

trouvait toujours moyen d'ajouter à sa toilette une fleur, un bout de tulle ou de ruban, s'en tenant néanmoins au lilas et au blanc.

Quelquefois Wanda à son tour questionnait, et ses questions concernaient presque toujours Sylvain; les tantes, intarissables sur ce sujet, lui faisaient connaître un Sylvain qui était loin de ressembler à celui que connaissait Wanda. Dans leurs récits le sérieux polytechnicien était un petit garçon gâté, mais affectueux et tendre.

« Ah! il nous aimait bien, disait tante Catherine; te rappelles-tu, Édith, quel ton caressant il prenait quand, au retour de la promenade, il nous demandait de lui payer une galette chez le boulanger.

— Mais ce n'était pas vous qu'il aimait, c'était la galette, » remarquait Wanda.

Elles riaient : mais elles la trouvèrent bien irrévérencieuse de juger ainsi leur Sylvain.

« Vous n'aimez pas les fleurs? leur demanda-t-elle un jour, s'apercevant qu'elles n'en achetaient jamais.

— Oh! si, s'écria tante Edith.

— Alors, pourquoi n'en avez-vous pas?

— Ce sont des dépenses inutiles, dit tante Catherine; nous en achetons sur nos économies, c'est-à-dire jamais. »

Wanda savait que le matin même on avait envoyé à Sylvain un assez fort mandat, et, pour la première fois depuis qu'elle était à Rouen, les demoiselles Giraul surprirent sur son visage une expression de colère; mais cette colère n'eut d'autre effet que de semer une profusion de fleurs dans ce logis de vieilles filles.

M. d'Hoffraye ne laissait jamais vide la bourse de Wanda; sur un appel de l'enfant, il lui envoyait ce qu'elle demandait; désormais le montant de ses envois se transforma en fleurs.

Ici encore tante Catherine et tante Édith n'osèrent rien dire; en arrêt devant cette nature qu'elles ne comprenaient pas du tout, elles attendaient que le temps eût fait son œuvre bienfaisante. Elles pensaient que, de même que certaines plantes délicates, soumises à une culture intensive, produisent quelquefois des fleurs vigoureuses, d'une couleur splendide et d'un parfum exquis, de même il se trouve des natures indomptées, sauvages, mais avides de vivre, chez lesquelles une circonstance, un choc imprévu, une émotion ou simplement une démonstration affectueuse viennent éveiller des qualités jusque-là somnolentes. En serait-il de même pour Wanda, elles voulaient l'espérer.

XV

Le réveil de Wanda.

LES mois s'écoulaient, M. d'Hoffraye, qui ne pouvait se remettre de la mort de sa fille, avait obtenu une mission lointaine. Henry était à Paris; Wanda n'avait donc revu personne de chez elle, quand un congé ramena Sylvain à Rouen.

Son arrivée était toujours un événement pour ses tantes; il en fut un pour Wanda, qui se réjouissait à l'égal des vieilles demoiselles; mais que se passa-t-il en cette enfant bizarre quand elle revit son cousin?

Elle était sur le quai de la gare, attendant le train avec tante Catherine qui tremblait d'impatience et tante Édith qui ne tenait plus en place; le train arrive, les portières s'ouvrent, Sylvain saute à terre, et il est enlacé dans des bras caressants; quand il a bien embrassé ses tantes, il songe à Wanda :

« A votre tour, lui dit-il; mais qu'avez-vous? Vous n'êtes pas contente de me voir? »

Le visage de l'enfant est en effet contracté par une émotion singulière; et au lieu de répondre à l'affectueux appel du jeune homme, elle éclate en sanglots.

Sylvain, eh! Sylvain! sa vue a ramené pour elle tout le passé, Sylvain! c'est la maison, c'est Mag, c'est son père, ce sont les gâteries, c'est tout ce qu'elle n'a plus, tout ce qu'elle a paru oublier, et qui n'était au fond de son cœur que des souvenirs endormis. Une insouciance invétérée, une grande légèreté de caractère, l'habitude du bonheur, habitude que l'on perd si difficilement, étaient devenus chez elle une seconde nature, et le changement de vie aidant, elle s'était bercée de la chimère que l'existence qu'elle menait la ramènerait invinciblement vers la joie et vers le plaisir.

Et voilà que Sylvain lui apparaît seul, elle le revoit, et elle ne revoit ni son père ni son frère; quant à Mag, ah! Mag, pour la première fois elle sent combien sont cruelles ces séparations qui n'ont pas de revoir ici-bas; une souffrance atroce la broie.

Tante Catherine et tante Édith ont deviné la cause de ses larmes, et elles la serrent dans leurs bras avec effusion; Sylvain est tout bouleversé. Il est ému aussi de revoir Wanda, cette petite épave de tant de bonheur. Depuis la mort de Mag, il se sent tout autre, quelque chose en lui s'est émoussé. Il est resté désemparé, mûri, et il juge à leur juste valeur bien des choses dont l'éclat l'avait trop longtemps fasciné. Le chagrin enfantin mais très ardent de Wanda le remue profondément, il voudrait se joindre à ses tantes pour la consoler; mais elle l'éloigne; pendant ce séjour qu'il va faire à Rouen, il sera surpris de sa manière d'être à son égard, et les vieilles tantes ne reconnaîtront plus la Wanda aimante et soumise qui avait si vite pris sa place entre elles deux.

Hélas! les souvenirs qu'avait réveillés l'arrivée de Sylvain avaient eu sur l'enfant un effet néfaste; sous l'empire du chagrin qui l'envahissait toute, elle avait comparé son existence de gaieté, d'insouciance, avec celle qu'elle menait maintenant, et soudain, mue par un besoin irraisonné de revendication, la petite cosaque s'était réveillée.

Elle en voulut à Sylvain d'être venu, elle lui en voulut de l'affection que ses tantes lui témoignaient; en quoi avait-il mérité de retrouver ses affections, sa maison?

Elle paraissait prendre plaisir à souligner les inconscients égoïsmes du jeune homme, trop habitué à se laisser gâter pour songer à s'y soustraire; c'était des boutades grosses de sous-entendus; les tantes fermaient l'oreille, moins frappées de la justesse des réflexions de Wanda qu'attristées du changement de la fillette. Parfois, au contraire, Wanda se retranchait dans un mutisme qui ressemblait fort à de la bouderie. La pauvre tante Édith faisait tous ses efforts pour l'en sortir, et tante Catherine chassait comme une mauvaise pensée la réflexion qui lui venait à l'esprit que la présence de Wanda les empêchait de jouir de celle de Sylvain.

« Qu'a-t-elle? mais qu'a-t-elle donc? » disait la pauvre tante.

Et elle affirmait à Sylvain que jusqu'à son arrivée Wanda n'avait donné lieu à aucun reproche.

Il avait de la peine à le croire.

Il essaya de raisonner l'enfant; un soir où il avait vu ses tantes plus désolées que de coutume par l'attitude hostile de la fillette, il la prit à part, mais il avait à peine commencé le petit discours préparé, qu'elle le fit taire par un regard de ses grands yeux moqueurs. Elle semblait vouloir lui rejeter à la face les reproches qu'il lui adressait; il sentit que la joute serait inégale, elle maniait mieux que lui la parole; il resta court et Wanda, qui ne se sentait pas indemne, et qui n'avait pas perdu l'habitude de s'accuser tout haut, s'écria :

« Ça c'est vrai qu'elles n'ont pas de chance, après avoir passé leur vie à se dévouer, d'avoir un neveu comme vous et une petite amie comme moi, elles ne sont guère payées de retour, mais moi, au moins, je ne serai pas une ingrate! »

Elle disparut, le laissant assez interdit.

Elle monta droit à sa chambre, et le

courrier du lendemain emporta à l'adresse de Danie la lettre suivante :

« Chère grande amie, avait-elle écrit, c'est à vous que j'ai recours dans une grave circonstance; vous serez plus à même que mon frère de me comprendre, et quant à Sylvain, il ne me comprend pas du tout; voici le cas : je redeviens mauvaise, très mauvaise, c'est un fait que je

était terminé. Inquiet de laisser ses tantes aux prises avec Wanda, un de ses premiers soins fut d'aller voir Henry, auquel il parla du caractère redevenu fantasque de la fillette.

Henry s'en montra attristé. Depuis la mort de Mag il avait beaucoup gagné en sérieux, son deuil le tenait forcément éloigné du monde, et il travaillait avec

Wanda monta à sa chambre.

constate, que je déplore, et auquel je ne puis rien; mais la volonté me reste de ne pas imposer plus longtemps ma présence aux demoiselles Giraut, elles sont trop bonnes, et cela me fait pitié de leur faire de la peine, je viens donc vous prier de découvrir pour moi la seule pension susceptible de me recevoir, une pension pour les intraitables. Mettez-vous en campagne, chère Danie, c'est pressé à cause des deux pauvres demoiselles que j'affole bien contre mon gré. »

« La petite cosaque. »

Le train qui emporta cette lettre emportait aussi Sylvain, dont le congé

ardeur pour passer l'examen définitif qui lui ouvrirait la carrière des ambassades. Il confia à Sylvain qu'il songeait à se marier, non pas dans le but unique de son seul bonheur; il voulait fonder un foyer où son père retrouverait, quand bon lui semblerait, un reflet de ce foyer que Mag lui avait fait si charmant, où Wanda trouverait avec la société d'une gentille belle-sœur, la direction qui lui manquait. Il lui faudrait une fiancée sérieuse : il dit à Sylvain qu'il avait pensé à Danie, qu'il avait beaucoup admirée pendant la maladie de Mag.

« C'eût été la perle, dit-il avec un soupir.

— Elle vous a refusé? » demanda Sylvain, que cette confidence émouvait au plus haut point.

Tranquillement, Henry reprit :

« Je n'ai fait aucune ouverture, et je n'en ferai pas; c'est un projet auquel je ne puis malheureusement donner suite, je l'ai compris un jour où je me suis rendu chez vos amis. Ma visite était toute naturelle; Danie avait été si parfaite pour Mag, qu'une visite de remerciement était indiquée. Je me suis donc rendu à Neuilly, j'ai été reçu dans cet intérieur patriarcal, mais très simple, trop simple pour moi. Je suis habitué à trop de luxe pour m'asseoir à une table modeste, mes habitudes raffinées sont en opposition avec la manière de vivre de vos amis, oh! je sais que ce sont là des questions secondaires, ou qui, du moins, dans bien des mariages, passent pour secondaires; Danie devenant ma femme, je l'emmène au loin, je la dépayse, et tout est dit... mais j'ai pour elle une estime trop grande pour ne pas comprendre que je ne puis la traiter comme la plupart des jeunes filles, et, pour lui demander de partager ma vie, il faudrait que je me sente capable de partager celle qu'elle a menée jusqu'ici. »

Sylvain fut frappé de la justesse de l'appréciation que Henry avait du caractère de la jeune fille. Il pensa aussi que son cousin, dans la circonstance, faisait montre d'un grand bon sens et d'une grande délicatesse de cœur, et en même temps il eut plus vif que jamais le regret de s'être, lui qui était plus à même que Henry d'apprécier Danie, si piteusement conduit dans cette journée de désagréable mémoire où il l'avait revue dans le château normand.

L'entretien des jeunes gens semblait avoir dévié; ce fut cependant la pensée de Danie qui les ramena au but de leur conversation, c'est-à-dire à Wanda, et leur avis à tous deux fut que la jeune fille saurait mieux que personne leur donner un avis. Ils la consultèrent donc, mais sa réponse à la lettre de Wanda était déjà partie.

La petite cosaque était dans la plus grande impatience en attendant cette réponse; cependant, depuis le départ de Sylvain, elle était moins irascible, elle avait pris le parti de quitter les demoiselles Giraut, ce qui était, selon elle, la seule façon de leur témoigner sa reconnaissance, et elle avait pour les deux vieilles filles un débordement de tendresse, mais d'une tendresse exaltée, qui laissait entendre que ce pauvre petit cœur était encore en ébullition.

« Je vous adore, je vous adore, je vous adore, leur répétait-elle; vous allez en avoir la preuve. »

Tante Catherine et tante Édith n'étaient pas sans inquiétudes, se demandant quelle pouvait bien être l'idée étrange qui avait germé dans ce petit cerveau surexcité; car, s'il se fût agi d'un simple témoignage d'affection, comme un envoi de fleurs par exemple, Wanda, ne fût-ce que pour leur ménager une surprise, ne les eût pas averties à l'avance.

La fillette semblait d'ailleurs attendre les courriers avec une anxiété qui laissait supposer que l'issue de l'affaire en question demeurait, même pour elle, assez incertaine.

La *surprise* arriva enfin, et non pas par la poste, mais sous la forme d'un télégramme adressé à Wanda; l'enfant l'ouvrit fébrilement, prête à le tendre triomphalement aux vieilles demoiselles, pour leur faire lire ces lignes qu'elle s'attendait à voir : « Ai trouvé ce qu'il vous faut, arrivez le plus tôt possible ». Elle leur expliquerait alors que, voulant les débarrasser de sa petite personne encombrante et maussade, elle s'attendait à quelque opposition des demoiselles Giraut, trop bonnes pour accepter ce sacrifice expiatoire, mais elle se montrerait héroïque, elle partirait!

Mais... mais... que contient-il donc ce télégramme? pourquoi, en le lisant, le visage de Wanda perd-il son expression

LE BONHEUR A ÉLU DOMICILE DANS LE VIEUX LOGIS.

de triomphe? quelle est la déconvenue qui bouleverse ses plans héroïques? le sang lui monte au visage.

Cependant la réponse de Danie n'était pas une fin de non-recevoir, elle ajournait seulement la résolution de Wanda, et n'était qu'un simple et prudent conseil.

« Avant de rien décider, disait la jeune fille, consultez le **portrait de votre mère**. »

Sans un mot d'explication aux deux vieilles filles, qui se gardaient du reste de l'interroger, Wanda monta à sa chambre.

Bien en évidence, elle y avait suspendu le portrait de sa mère, que Mag lui avait donné, mais si elle lui avait accordé une place d'honneur, elle n'avait pas, hélas! songé à s'en inspirer; aujourd'hui, docilement, pour obéir à Danie, elle s'agenouilla devant ce portrait, entre elle et l'image chérie un colloque s'engagea, grave, émouvant, et quand tante Catherine et tante Édith, inquiètes de sa longue absence, vinrent la chercher, elles trouvèrent une petite Wanda en larmes, **toute** contrite, résolue à leur prouver son affection autrement que par une fuite qui n'était en somme qu'une désertion, un manque de courage pour entreprendre de vaincre ses rebellions renaissantes.

Elle écrivit à Danie afin de lui faire connaître le résultat de ses réflexions, et elle écrivit aussi à Sylvain, mais à ce dernier elle ajoutait :

« Je m'efforcerai d'être gentille pour vos tantes, mais voyez-vous, mon grand cousin, nous aurons beau faire, nous ne serons jamais à leur niveau, et, je le répète, elles n'ont pas de chance de n'avoir pas, au lieu de vous et de moi, rencontré notre amie Danie. »

Il était plutôt offensant pour Sylvain de penser que Wanda le rabaissait à son niveau, et le jugeait aussi incapable qu'elle l'était elle-même de rendre aux vieilles tantes dévouement pour dévouement; mais du moins se rangea-t-il de son avis en ce qui concernait Danie.... L'intuition de la petite cosaque l'avait amené à avoir de la jeune fille la même impression que Henry : Henry ne s'était pas jugé apte à offrir à Danie un foyer digne d'elle, et Wanda ne lui assignait en ce monde qu'un rôle de dévouement; mais le rôle qu'elle voulait lui donner ne revenait-il pas à Sylvain? Si la perspicacité de l'enfant montrait une tâche à remplir au foyer des demoiselles Giraut, cette tâche n'était-elle pas celle de leur neveu?

Il faut rendre à Sylvain cette justice : si l'amour-propre et la vanité avaient eu sur lui des effets regrettables, — du moins ne s'était-il jamais soustrait au devoir quand il lui était nettement indiqué. Son cœur avait pu avoir des manquements, il n'avait jamais failli à la droiture, et si des influences fâcheuses l'avaient trop facilement ébranlé, le fond loyal de son caractère ne pourrait résister aux empreintes sérieuses, et celles-ci finissaient par triompher.

Sa résolution fut prise — ferme, héroïque — dès qu'il serait en situation de le faire, il appellerait ses tantes près de lui, ils vivraient ensemble, et il entourerait leur vieillesse de soins et d'affections, rachèterait ainsi les torts de son enfance et de sa jeunesse.

Pour l'instant, l'heure était aux séparations. Il était nommé dans une petite localité du Midi et ne pourrait faire partager à ses tantes les pérégrinations de ses débuts de carrière.

Martial, plus favorisé, resta à Paris.

M. d'Hoffraye, de retour de sa mission, vint reprendre Wanda, et, comme il était nommé au Brésil, il l'emmena avec lui. Sur ces entrefaites Henry s'était marié et était parti pour Constantinople.

XVI

Le neveu des demoiselles Giraut.

IL y a quatre ans que Mag repose sous le blanc mausolée, que la main pieuse de Danie ne laisse jamais défleuri, et le souvenir de la jeune fille demeure inviolable dans le cœur de tous ceux qui l'ont connue ; mais comme si rien d'austère ne pouvait émaner de cette enfant charmante, qui avait traversé la terre le front levé vers les étoiles, plus le temps s'écoule, et plus ce souvenir s'idéalise. L'idée d'un deuil sans issue ne peut se lier à sa mémoire ; on croirait plutôt au miracle de Mag revenant sécher les larmes trop amères des êtres chers qu'elle a quittés.

C'est du moins l'impression de Sylvain ; c'est aussi celle de Danie. Henry fera connaître à ses enfants une tante Mag éternellement jeune ; Wanda gardera le souvenir d'une sœur étincelante de gaieté. Le père seul conservera sa douleur latente, profonde comme au premier jour ; mais il n'en veut pas aux jeunes de rappeler, au delà des heures de souffrance, les jours heureux de la chère disparue ; il se rattache à tout ce que Mag aimait, il se rapproche des amis qui l'ont suivie de plus près. Rentré en France après une longue absence, son premier soin est de conduire Wanda chez Danie.

Un bon événement se prépare. Sylvain est nommé à Paris à une place qu'il ambitionnait ; il va faire venir ses tantes ; on va vivre en famille.

A vrai dire, les demoiselles Giraut n'avaient jamais répondu catégoriquement à Sylvain au sujet de la réunion qu'il projetait ; mais il était trop habitué à les voir acquiescer à tous ses désirs pour penser qu'elles pussent y mettre la moindre opposition.

C'est donc avec la pensée de la joie qu'il va leur causer qu'il se rend à Rouen pour les chercher. Il avait annoncé son arrivée, et, de la portière, il inspecte le quai pour y chercher ses tantes ; mais il éprouva une forte commotion. Personne ne l'attendait. Personne ? si, cependant : il aperçoit, arrivant à la hâte, tante Édith qui n'a pas son air ordinaire, elle lui semble vieillie, ridée, triste ; cependant, à la vue de Sylvain, elle sourit, c'est toujours ce même bon et affectueux sourire.

Il interroge :

« Tante Catherine...

— Elle est bien, un peu fatiguée seulement ; elle t'attend avec impatience, je lui ai même promis que nous rentrerions en voiture, pour arriver plus vite ; elle est si pressée de te voir, que je fais des folies.

— Ah ! tante Édith, je songe à vous en faire faire bien d'autres. »

Il essaie de rire, elle rit franchement, et lui répond :

« Pour toi, Sylvain, que ne ferions-nous pas ?

Arrivés à la maison, une partie des appréhensions de Sylvain s'apaisent. Tante Catherine est moins changée que tante Édith. Sa démarche est plus incertaine qu'autrefois, ses gestes ont quelque chose de vague, mais elle est gaie, elle n'est certainement pas malade.

A déjeuner, elle ne mange pas ; mais, à la remarque qu'en fait Sylvain, elle répond que l'heure en ayant été retardée, par suite de l'arrivée du jeune homme, pour ne pas changer ses habitudes, elle a déjeuné sans l'attendre. Il admet la raison, il ne se demande pas pourquoi elle ne s'est pas assise à table à sa place habituelle ; elle tourne le dos à la fenêtre, comme si le jour lui faisait mal, il ne remarque pas non plus que tante Édith a pour elle des prévenances inusitées, et qui, même entre sœurs très dévouées, peuvent paraître excessives. En quittant la table, elle prend le bras de tante Catherine ; Sylvain veut la prévenir.

« Ce droit me revient, dit-il en riant.

— Tu le revendiqueras ce soir, » répond tante Édith, qui déjà a guidé sa sœur vers le salon.

Un pressentiment s'empare de Sylvain

On lui cache quelque chose, quoi? il veut le savoir, et quand tante Catherine est installée dans son fauteuil, il trouve un prétexte pour rejoindre tante Édith qui est sortie de la pièce.

Il la questionne, et il faut bien lui avouer que tante Catherine devient aveugle; on avait voulu le cacher le plus longtemps possible à Sylvain, et tante Édith cherche

de tante Catherine était l'anéantissement de son rêve de vie de famille, il comprenait qu'il ne pouvait pas leur demander de le suivre, de quitter ce vieux logis qui était maintenant le seul coin de l'univers dans lequel tante Catherine pouvait se mouvoir sans trop de difficultés.

Les jours s'écoulèrent non pas gais, certainement, mais calmes, plutôt sereins;

Sylvain s'offrait pour lui faire la lecture.

à atténuer la tristesse de la situation : tante Catherine, disait-elle, était très résignée, elle ne souffrait pas, et le bon Dieu lui faisait une grande grâce en permettant que l'affaiblissement de sa vue se fît si lentement, qu'elle pouvait se préparer en quelque sorte au pénible événement; elle s'habituait à se diriger dans la maison, à se servir sans aide... seulement elle ne mangeait pas encore très adroitement; c'est pour cette raison qu'elle n'avait pas voulu, à ce premier repas, s'essayer devant Sylvain :

« Oh! ces explications, dans lesquelles on sentait l'hésitation des tantes à attrister « leur petit », comme elles bouleversaient le pauvre Sylvain. C'est que le malheur

tante Catherine ne permettait pas à la nuit qui l'envahissait d'étendre ses ombres sur ceux qui l'entouraient. Elle se plaisait au contraire à se faire raconter ce qu'ils avaient vu, et oublieuse d'elle-même jusque dans les petits dévouements qu'elle était obligée d'accepter, quand Sylvain s'offrait pour lui faire la lecture, elle choisissait, non pas son auteur préféré, mais un livre qui pût intéresser le jeune homme.

Tant d'abnégation, tant de bonté n'échappaient pas à Sylvain, et elles lui étaient plus qu'un enseignement, elles le fortifiaient dans ses résolutions de dévouement; la transformation qui s'était opérée en lui l'avait armé pour la lutte, et il était de force à ne pas reculer devant l'obstacle. Certes en se promettant de vivre désormais avec ses tantes, il n'avait pas prévu le sacrifice qu'il devrait accomplir; mais avaient-elles jamais reculé, elles, devant un sacrifice? et puisqu'il ne pouvait plus leur demander de le suivre, son devoir n'était-il pas de demeurer près d'elles?

Une permutation se présenta, qui lui permit de rester à Rouen; elles ne surent jamais ce qu'il lui en coûta de renoncer à la situation plus en vue qu'il avait obtenue à Paris.

Il n'en fut pas de même pour les d'Hoffraye et pour les Maurer, qui avaient été témoins de sa joie quand il avait formé le projet de venir vivre avec ses tantes au milieu d'eux tous. Dans un court séjour qu'il dut faire à Paris pour régler ses affaires, il leur annonça lui-même sa décision; Wanda, la première informée, en parut plutôt contente, mais sans témoigner grand enthousiasme : cependant elle tint à accompagner son cousin chez les Maurer pour leur annoncer la nouvelle.

Ils y donnèrent leur pleine approbation. M. Maurer ne put même se défendre, dans l'émotion que lui causait la décision du jeune homme, de s'écrier en lui serrant la main :

« Ah! vous êtes un brave garçon! »

Wanda éleva une objection :

« Brave garçon, brave garçon, murmura-t-elle d'un air soucieux; il faudra le voir à l'œuvre avant de s'avancer, et je ne suis pas complètement tranquille sur le sort de ses tantes; saura-t-il seulement les soigner?

— J'en aurai la bonne volonté, répondit Sylvain en souriant.

— Cela ne suffit pas, reprit Wanda avec aplomb. Je vous l'ai dit une fois, c'est Danie qu'il leur faudrait. »

Cette phrase intempestive jeta parmi eux une certaine gêne. Danie était devenue toute rose; Sylvain, qui n'osait la regarder, se tourna vers Wanda, et avec un retour de cette humeur que lui causaient autrefois les interventions souvent trop vives de la petite cosaque.

« Si vous vous mêliez de ce qui vous regarde, Wanda, lui dit-il, les choses n'en marcheraient pas plus mal.

— Elles n'en marcheraient pas mieux non plus, s'écria la fillette avec un de ses regards les plus mutins; depuis le temps que je vous dis que Danie seule est digne de vos tantes, qu'avez-vous fait pour les rapprocher?

— Mademoiselle Danie n'est pas garde-malade, reprit Sylvain; à quel titre lui eus-je demandé de prendre une tâche de dévouement qui ne revient qu'à un neveu?

— Ou à une nièce, » dit Wanda, qui compliquait à plaisir la situation. Et, se tournant vers Danie :

« Voyons, n'y a-t-il pas moyen que vous deveniez leur nièce?

— Wanda, mais Wanda, que faites-vous? s'écria Sylvain hors de lui.

— Rien que de très naturel, je plaide la cause de vos tantes que j'aime. »

M. Maurer eut un grave sourire, Martial rit de tout son cœur, la rougeur de Danie s'accentua; mais ni les uns, ni les autres ne paraissaient trouver que Wanda eût dit quelque chose d'extraordinaire, et Sylvain murmura :

« Est-ce que je rêve, Danie, ou bien est-ce vrai qu'il se pourrait... serait-il possible?... je suis si indigne de vous... »

Wanda l'interrompit :

« Vous n'êtes guère éloquent, lui dit-elle, et vous feriez mieux de vous taire et de laisser dans l'ombre vos défauts comme vos qualités. Il s'agit bien de vous! ce n'est pas vous que Danie épouse, c'est le neveu des demoiselles Giraut. »

. . . .

Avec Danie, le bonheur a élu domicile dans le vieux logis de Rouen; M. Maurer, qui ne pourrait vivre sans sa fille, y passe la plus grande partie de l'année, et Martial vient s'y reposer de ses travaux.

Wanda le sait, et c'est pourquoi, de quelque coin du globe où la conduit la vie nomade de son père, elle tourne ses regards vers la vieille cité normande.

« Gardez-moi une petite place dans votre maison, et une grande place dans votre cœur, écrit-elle aux demoiselles Giraut· Depuis que j'ai goûté à votre vie tranquille, j'ai perdu le goût des voyages, et comme il faut toujours que je rêve, je rêve à un foyer stable, où vous serez tous. Vous arrangerez cela, n'est-ce pas? et vous trouverez moyen de faire que ce rêve devienne une réalité. »

Cette lettre qu'on lit en famille, les fait sourire. L'idée de Wanda rêvant un foyer stable est faite pour les égayer; mais Wanda a su se faire aimer, et qui sait si Martial, qui a gardé d'elle un bon souvenir, ne se trouvera pas là à point pour fixer, dans quelques années, le sort de la petite cosaque.

TABLE DES MATIÈRES

OUVRAGES DU MÊME AUTEUR

PETITE BIBLIOTHÈQUE DE LA FAMILLE

Une Perfection. Quatrième édition. (*Ouvrage couronné par l'Académie française.*)

BIBLIOTHÈQUE ROSE ILLUSTRÉE

Miss Fantaisie. Deuxième édition.

Tous Jeunes. (*Ouvrage couronné par la Société d'Encouragement au Bien.*)

Autour du Clocher. (*Ouvrage couronné par la Société d'Encouragement au Bien.*)

BIBLIOTHÈQUE DES ÉCOLES ET DES FAMILLES

L'Héritage des Derlanne. Quatrième édition. (*Ouvrage couronné par l'Académie française et par la Société d'Encouragement au Bien.*)

Dette de Cœur. Troisième édition. (*Ouvrage couronné par la Société d'Encouragement au Bien.*)

Notre Aînée. Deuxième édition.

Leur Histoire.

Le Pardon du Grand-Père. Deuxième édition. (*Ouvrage couronné par l'Académie française et par la Société d'Encouragement au Bien.*)

La Place de l'Absent.

L'Oncle Million.

Par Testament.

Monsieur le Baron.

Le Billet de Loterie. Deuxième édition.

450-21. — Coulommiers. Imprimerie Paul BRODARD. — 4-21.

OEuvres illustrées de Jules Verne

SÉRIE A

**Chaque volume
in-8° illustré,
broché . . . 15 fr.
cartonné . . 20 fr.**

L'Archipel en feu.
Autour de la Lune.
Aventures de trois
Russes et de trois
Anglais.
Un Billet de loterie.
Le Chancellor.
La Chasse au Mé-
téore.
Le Château des Car-
pathes.
Le Chemin de France
Les cinq cent mil-
lions de la Bégum.
Cinq semaines en
ballon.
Claudius Bombarnac.
Clovis Dardentor.
De la Terre à la Lune.
Un drame en Livonie.
Le Docteur Ox.
L'Ecole des Robin-
sons.
L'Etoile du Sud.
Face au Drapeau.
Hier et Demain, Con-
tes et Nouvelles.
Histoire de J.-M.
Cabidoulin.
Les Indes noires.
L'invasion de la Mer.
Le Maître du Monde.
Le Phare du bout du
Monde.
Le Pilote du Danube.
Le Rayon vert.
Robur - le - Conqué-
rant.
Sens dessus dessous.
Le Secret de Wil-
helm Storitz.
Le Tour du Monde
en 80 jours.
Le Village aérien.
Une Ville flottante.

Les Tribulations
d'un Chinois.
Voyage au centre de
la Terre.

SÉRIE B

**Chaque volume
in-8° illustré,
broché . . . 30 fr.
cartonné . . 38 fr.**

L'Agence Thompson
and C°.
Aventures du capi-
taine Hatteras.
Aventures de trois
Russes. — Une
Ville flottante.
Bourses de voyage.
Un Capitaine de
quinze ans.
Les 500 millions de la
Bégum. — Tribula-
tions d'un Chinois.
Cinq semaines en
ballon. — Voyage
au centre de la
Terre.
Deux ans de Vacan-
ces.

La Chasse au Mété-
ore. — Le Pilote
du Danube.
César Cascabel.
Le Château des Car-
pathes. — Claudius
Bombarnac.
De la Terre à la
Lune. — Autour
de la Lune.
L'Etoile du Sud. —
L'Archipel en feu.
L'Etrange Aventure
de la Mission Bar-
sac.
Face au Drapeau. —
Clovis Dardentor.
Famille sans nom.
Les Frères Kip.
Hector Servadac.
L'Ile à hélice.
Indes noires. - Chan-
cellor.
L'invasion de la Mer.
— Le Phare du
bout du Monde.
La Jangada.
Kéraban-le-Têtu.
La Maison à vapeur.

Le Maître du Monde.
— Un drame en
Livonie.
Michel-Strogoff.
Mirifiques aventures
de Maître Antifer.
Mistress Branican.
Les Naufragés du
« Jonathan ».
Nord contre Sud.
Le Pays des Four-
rures.
P'tit Bonhomme.
Le Rayon vert. —
L'Ecole des Robin-
sons.
Robur - le - Conqué-
rant. — Un billet
de loterie.
Sens dessus dessous.
— Chemin de
France.
Seconde Patrie.
Secret de W. Storitz.
— Hier et Demain.
— Contes et Nou-
velles.
Le Spinx des Glaces.
Le superbe Oréno-
que.
Le Testament d'un
Excentrique.
Le Tour du Monde en
80 jours. — Le
Docteur Ox.
Village aérien. —
Histoire de J.-M.
Cabidoulin.
Vingt mille lieues
sous les mers.

SÉRIE C

**Chaque volume
in-8° illustré,
broché . . . 35 fr.
cartonné . . 43 fr.**

Les Enfants du Ca-
pitaine Grant.
L'Ile mystérieuse.
Mathias Sandorf.

Les mêmes volumes, dans la Collection in-16 illustrée, brochés 9 fr., reliés 12 fr.

www.ingramcontent.com/pod-product-compliance
Ingram Content Group UK Ltd.
Pitfield, Milton Keynes, MK11 3LW, UK
UKHW022057170726
13837UKWH00002B/978

9 782329 207094